共和国故事

宣威奥运

——中国运动员奋战第二十五届巴塞罗那奥运会

李静轩　编写

吉林出版集团股份有限公司

图书在版编目（CIP）数据

宣威奥运：中国运动员奋战第二十五届巴塞罗那奥运会/李静轩编. ——

长春：吉林出版集团股份有限公司，2009.12

　　（共和国故事）

ISBN 978-7-5463-2096-0

Ⅰ．①宣… Ⅱ．①李… Ⅲ．①纪实文学 – 中国 – 当代 Ⅳ．①I25

中国版本图书馆 CIP 数据核字（2009）第 000439 号

宣威奥运——中国运动员奋战第二十五届巴塞罗那奥运会

XUANWEI AOYUN　ZHONGGUO YUNDONGYUAN FENZHAN DI ERSHIWU JIE BASAILUONA AOYUNHUI

编写　李静轩

责任编辑　祖航　宋巧玲

出版发行　吉林出版集团股份有限公司

印刷　三河市嵩川印刷有限公司

版次　2010 年 1 月第 1 版　　　　2022 年 1 月第 8 次印刷

开本　710mm×1000mm　1/16　　　印张　8　字数　69 千

书号　ISBN 978-7-5463-2096-0　　　定价　29.80 元

社址　吉林省长春市福祉大路 5788 号

电话　0431 – 81629968

电子邮箱　tuzi8818@126.com

前　言

自 1949 年 10 月 1 日中华人民共和国成立至今，新中国已走过了 60 年的风雨历程。历史是一面镜子，我们可以从多视角、多侧面对其进行解读。然而有一点是可以肯定的，那就是，半个多世纪以来，在中国共产党的领导下，中国的政治、经济、军事、外交、文化、教育、科技、社会、民生等领域，都发生了深刻的变化，中国人民站起来了，中华民族已屹立于世界民族之林。

60 年是短暂的，但这 60 年带给中国的却是极不平凡的。60 年的神州大地经历了沧桑巨变。从开国大典到 60 年国庆盛典，从经济战线上的三大战役到经济总量居世界第三位，从对农业、手工业、资本主义工商业的三大改造到社会主义市场经济体制的基本确立，从宜将剩勇追穷寇到建立了强大的国防军，从废除一切不平等条约到独立自主的和平外交政策，从"双百"方针到体制改革后的文化事业欣欣向荣，从扫除文盲到实施科教兴国战略建设新型国家，从翻身解放到实现小康社会，凡此种种，中国人民在每个领域无不留下发展的足迹，写就不朽的诗篇。

60 年的时间在历史的长河中可谓沧海一粟。其间究竟发生了些什么，怎样发生的，过程怎样，结果如何，却非人人都清楚知道的。对此，亲身经历者或可鲜活如昨，但对后来者来说却可能只是一个概念,对某段历史的记忆影像或不存在,或是模糊的。基于此,为了让年轻人,特别是青少年永远铭记共和国这段不朽的历史,我们推出了这套《共和国故事》。

《共和国故事》虽为故事,但却与戏说无关,我们不过是想借助通俗、富于感染力的文字记录这段历史。在丛书的谋篇布局上,我们尽量选取各个时代具有代表性或深具普遍意义的若干事件加以叙述,使其能反映共和国发展的全景和脉络。为了使题目的设置不至于因大而空,我们着眼于每一重大历史事件的缘起、过程、结局、时间、地点、人物等,抓住点滴和些许小事,力求通透。

历史是复杂的,事态的发展因素也是多方面的。由于叙述者的视角、文化构成不同,对事件的认知或有不足,但这不会影响我们对整个历史事件的判断和思考,至于它能否清晰地表达出我们编辑这套书的本意,那只能交给读者去评判了。

这套丛书可谓是一部书写红色记忆的读物,它对于了解共和国的历史、中国共产党的英明领导和中国人民的伟大实践都是不可或缺的。同时,这套丛书又是一套普及性读物,既针对重点阅读人群,也适宜在全民中推广。相信它必将在我国开展的全民阅读活动中发挥大的作用,成为装备中小学图书馆、农家书屋、社区书屋、机关及企事业单位职工图书室、连队图书室等的重点选择对象。

编　者

2010 年 1 月

目 录

一、 备战奥运

● 林莉说："每次到了训练的最后阶段，我就觉得胸部闷得像要炸裂一样，手脚沉重得像挂上了一个铁砣，肝区的疼痛一阵又一阵袭来，上岸就瘫倒在地不能动了。"

● 一节课下来，陈跃玲要走 10 个来回。不到两三趟就汗水直流，大口大口喘着粗气。10 个来回下来后，心脏像棒槌敲打似的咚咚跳个不停。

● 郭仲恭教练对庄晓岩说："你若想保持领先的地位，必须要超越自己，以更过硬的技术，迎接新的挑战，攻克新的难题……"

游泳队进行针对性训练

1992 年 7 月 25 日至 8 月 9 日，第二十五届奥运会的圣火就要在西班牙的巴塞罗那燃起，为了在本次奥运会上取得好的成绩，中国健儿几年前就开始在各个项目上展开体力与毅力的角逐。

1991 年的一天，中国游泳队训练场上。

教练周明正在对运动员庄泳进行现场指导，为了一年半以后的奥运会，庄泳正在加紧训练。

这一年，是庄泳练得最苦的一年，也是训练最为系统的一年。以前留下的老伤病常常复发，每次训练前都得采取一定的措施才行。

但是，一切为了奥运会，"豁出命去也得顶住"。她随队去海南，到高原，认真地上好每次训练课。

正当中国游泳队全力以赴备战巴塞罗那奥运时，美国游泳锦标赛在印第安纳波利斯举行。

这次比赛美国女队的成绩大幅度地提高，创造了最好成绩。截至当年 5 月底，15 项世界排名第一全为美国女将所垄断。

消息传来，中国游泳队大为吃惊。中国在 1991 年还有三项排名世界第一，而到如今，最好的名次也只在第三位。这无疑对中国游泳队冲击奥运的计划有很大影响，庄泳的专项也受到一定影响。

1991 年，庄泳以 25 秒 47 排女子 50 米自由泳世界第一，可是美国的汤普森 3 月份却游出了 25 秒 20，基本上是当时该项目的最好成绩，虽然还威胁不到杨文意的 24 秒 98 的世界纪录。

庄泳的主项 100 米在 1991 年只排名世界第五，而汤普森 3 月却以 54 秒 48 打破了奥托保持的世界纪录。庄泳的最好成绩与汤普森相距 0.64 秒。

周明教练说，100 米自由泳差距到 0.5 秒，即成为可竞争的沟壑。于是，有舆论说庄泳大概只能同杨文意联手在 50 米自由泳中搏击一番，100 米基本不抱希望。因为 50 米自由泳距离特短，一半靠实力、一半靠运气，任何环节发生任何细小失误，都可能失败。

然而，庄泳并没有气馁，她仍然按照教练的布置，踏踏实实地训练着。根据自身腿部力量差的弱点，庄泳仍然着重抓提高腿部力量的针对性练习。

经过几个月的系统训练，效果很明显，训练水平又有了一定的提高。庄泳充满了自信。

她不止一次说："好久没同汤普森一同比赛了，奥运会上见。"赴巴塞罗那前，庄泳心理上十分稳定，曾公开表示过自己对奥运金牌的垂青。

中国游泳队的另一位队员钱红，曾在比赛中有过优异的成绩，后来病痛缠身。在这种情况下，她还是坚持参加了 1992 年 4 月的亚洲锦标赛，取得了 100 米蝶泳冠军。

　　这次比赛的优异成绩给了钱红信心。面对奥运会前的训练，她说："如果没有锦标赛上的成绩和表现，也许，我真的再也不敢上高原了。"

　　自从1986年中国游泳队有了高原训练后，钱红已经随队去过多次。高原上空气稀薄，大运动量、大强度训练后的乳酸中毒反应是常人无法忍受的。运动员和常人一样，并非钢铁铸就，要忍受常人难以忍受的痛苦，靠的只有超常的毅力。

　　钱红说："说句实话，我也知道高原训练对于我们游泳运动员来说非常重要，我也曾尝过高原训练后带来的比赛甜头，但这次，我是真怕了，怕自己受不了。"

　　其实，钱红在平原上训练历来有股狠劲儿。对于这一点，冯晓东教练了解钱红的身体情况，也理解钱红的心情。他知道钱红怕上高原后，如果练得不好就会对比赛失去信心，那结果就不堪设想。

　　为了打消钱红的顾虑，冯教练对钱红说："这次我们要从实际出发，不要老想着从高原训练中直接索取比赛效应，而应力求为夏训开个好头。能练到什么程度就练到什么程度。我们可以到附近的风景点转转，上温泉玩玩，搞得轻松些。"

　　就这样，这次高原训练进行得比较顺利。过去，最多时3周内游量达到25万米，这次练了23天，游量只有14万米。游量虽然不如以前，但是训练的质量提高了，钱红的精神、感觉也都挺好。

从高原上下来后，钱红接着就开始准备巴塞罗那奥运会。尽管她的情况在一天天好转，但她仍觉得自己的训练水平恢复得不够快。

冯教练安慰她："你不是每次比赛都有发挥吗？以前也有练得不顺的时候，比赛不也拿下来了吗？"

冯教练为了让钱红保持清醒的头脑，便把她的主要对手的照片收集起来，剪贴在墙上，写上成绩。

钱红明白，对手之多、实力之强，哪个也不容忽视。但是，只要有一点机会，她就要抓住！

钱红的情况越来越好，训练的起伏也比以往小。冯教练心头的疑虑逐渐减少，钱红的信心也一天天增长。她积蓄力量等待征战奥运会。

在游泳队中还有一位队员林莉。教练对林莉的评价是："先天条件不属上乘，她的成功，完全在于她肯吃苦，吃别人无法忍受的苦！"

林莉的主项是混合泳，这不仅要求运动员蝶、蛙、仰、自四种泳姿全面发展，更需要有非凡的耐力。

为了提高林莉的耐力，教练为她制订了长期的大运动量训练计划，并且创造了一种针对林莉特点所独创的特殊训练手段，即"综合治理训练法"。

这种方法注意攻长距离不忘短距离，突强项不丢弱项，练技术又练心理素质和意志。每天 1 万多米的训练量，是一般人难以承受的，但林莉始终乐此不疲。

1992 年 4 月，正当林莉刻苦备战，满怀信心迎接巴塞罗那奥运会时，从大洋彼岸传来消息：美国泳将在全美奥运会选拔赛上，多项、多次打破女子游泳世界纪录，中国运动员原有的优势被她们全面超过。

严峻的挑战把中国游泳队的姑娘们逼上了梁山，迫使林莉加快了备战奥运训练的进程。

为此，教练安排了一系列针对性训练，特别是针对因室外池无对照物而游歪影响了成绩的教训。

1992 年 5 月 28 日，在教练的带领下，林莉第 5 次来到昆明高原基地，开始了历时一个月的血乳酸控制训练。从运动训练角度讲，高原训练主要是强化忍受乳酸刺激的体能性训练。

乳酸作为一项生理指标，正常人在平原条件下，进行剧烈运动 45 秒至 1 分钟后，超过 8 个单位就会感到心跳气喘，四肢无力，头晕目眩，出现酸中毒甚至休克现象。

一般运动员在训练中乳酸指标达到 10 至 14 个单位时，持续能力也仅为半小时左右。而教练却要求林莉在乳酸指标达到 14 至 15 个单位时，仍要在极度缺氧的情况下持续训练两小时。

为了增强无氧代谢能力，常常在一次训练课，8 个 50 米冲刺为一组，要练 4 至 5 组，每组间隔休息时间只有 7 分钟。

后来，回忆起当时训练的感觉，林莉至今记忆犹新：

她说：

> 每次到了训练的最后阶段，我就觉得胸部
> 闷得像要炸裂一样，手脚沉重得像挂上了一个
> 铁砣，肝区的疼痛一阵又一阵袭来，上岸就瘫
> 倒在地不能动了。

这一切都是为了在国际大赛上夺金牌、破纪录，创造最佳成绩。在林莉的心中，分量最重的是奥运会金牌，最珍贵的莫过于是在奥运会上创造的世界纪录。

此外，还有一位游泳健将杨文意。在参加第六届世界游泳锦标赛时的失利，给 19 岁的杨文意带来很大打击。

对此，1991 年 6 月，国家游泳队总教练陈运鹏决定亲自带杨文意，收她为"关门弟子"。

这是杨文意万万没想到的。陈指导年届 57 岁，已带了一名男队员沈坚强，又身兼总教练重任，要操心国家游泳队方方面面的工作。正值备战奥运的紧要关头，陈指导竟主动提出要带自己，杨文意喜出望外。

陈教练不但让杨文意练自由泳、仰泳，还让她练蝶泳，提高她的兴趣，恢复她的自信。

训练中，陈教练不搞疲劳战术，而是用科学手段，讲究训练质量。尤其是短距离项目，时间短，更强调动作的力量、频率、速度、耐力。训练方法多样，比如力

量训练不光在陆上练器械，还自制"土玩意"让队员在水中练。

杨文意一心一意，心无杂念地训练。她不怕上训练课，最怕训练完的放松——太麻烦，常想赖皮逃脱。

后来，杨文意说："陈指导一发火，就把我的衣服、训练用具往水中一扔，我只好跳下水中，一样一样拣回来。陈指导说，这个惩罚比做放松的效果要好，让我哭笑不得。"

随后，杨文意在全国锦标赛上，50米蝶泳竟然游出27秒05，获全国冠军；1992年4月底，在日本举行的亚洲游泳锦标赛上，50米自由泳杨文意游出25秒48，她信心倍增，把目标瞄准巴塞罗那。

5月1日，中国游泳队从日本经上海回北京。一向出言慎重，以"居安思危""忧患意识"而著称的陈运鹏，也按捺不住喜悦，向在上海的好友透露了关于"黑马"的预测。

可见，对于杨文意在奥运会上的表现，陈教练是胸有成竹的。

体操队苦练拿手绝活

1991年，李小双首次在美国举行的第二十六届世界体操锦标赛上亮相时，独具慧眼的国际体操联合会主席季托夫指着他说："这个中国小个子选手将来一定会是个了不起的人物。"

这时，他紧随3名苏联队选手之后，名列个人全能的第四名。

随后，在黄玉斌教练训练下，只有17岁的李小双一举夺得了第十一届亚运会团体和自由体操两枚金牌。

此后，李小双成为备战奥运会的主力队员。

李小双在接受记者采访时说：

亚运会冠军不是我的目的，我要让世界大吃一惊——明年我要做出"团三周"。

李小双想要冲击奥运会了。

"团三周"是指要在平地上，靠两条腿的力量，把身体送到相当高度，然后团身向后翻腾三周半。自由体操场地不过12米见方，助跑距离有限，必须有巨大的初速度和爆发力，才能保证把人体抛向能翻转完三周的高度。

"团三周"不仅是个难度相当大的动作，而且还是个非常危险的动作。特别是身体从腾空到落地，只有0.7秒的瞬间，重心稍微把握不好，不是前趴，就是后仰。脚部踝关节此刻要承受的，是大约重于人体十几倍的冲击力，稍有闪失，轻则脱臼，重则骨折，还极易损伤跟腱。

在1991年和1992年两次世界体操锦标赛中，李小双的"团三周"之梦都因临场失误而破灭了。

奥运会开幕的时间已经逼近了，李小双到底做不做"团三周"呢？

黄玉斌帮助李小双制订了新的夏训方案，他们在地毯下面跟头的落点处，挖了一个海绵坑。这样既起到安全保护作用，又会使现场感更强一些。

李小双的跟头翻了整整一个酷夏。就在赴巴塞罗那之前的一次训练中，李小双做"团三周"时不小心压伤了左脚腕，但他没吱声，每天悄悄地做理疗。每次训练课用弹性绷带绑住，他怕教练知道而平添思想负担。

这次奥运赛场，即使豁上这只脚，他也要做"团三周"，李小双铁了心了。

在女子体操队员中，有一个并不惹人注意的女孩，她叫陆莉。在1992年之前，她没有参加过任何一届世界级的体操比赛，唯一出去比赛的一次，是在1992年4月的巴黎首届体操单项世界锦标赛上。她在做高低杠落地时，脚底下挪了一步，只能站在第四名的位置上。

陆莉体质较弱，在准备奥运会的日子里，陆莉的旧病复发，几项健康指标均不合要求。为了拼入奥运会，120支针药注入陆莉的肌肉。每天一针，只打得屁股针眼密布，红肿成一个大硬块；每次注射完，陆莉疼得半小时不敢挪窝，稍微缓过劲儿，便又直奔体操房而去。

为了保证陆莉的饮食卫生，她所有的工资和奖金都被教练"没收"。甭说那些小姑娘爱吃的话梅、鱼片与之无缘，夏天，就连根冰棍也难得去买来解馋，因为这一切都被教练列为"无营养"的违禁品。

这样的训练和这样的疗养真是毫无乐趣可言，陆莉不知怎样形容那难以言表的心情。在寄给妈妈的信上，她画了一张挂着泪珠的脸。

10岁起，年轻的教练熊景斌在她身上开始试验"意念训练法"。一套时间为1分20秒的自由体操，熊教练要求陆莉在30分钟内把那几十个动作的要领准确无误地在脑子里"过电影"，哪个细节卡了壳，都要重新开始。

这种貌似简单的训练，其实很累很难，除了对那些烦琐的要领的记忆和理解之外，就是不允许有半点杂念侵入。这有些像练气功，必须"入境"，做到"意守丹田"。

最后，陆莉竟然能够在教练掐着秒表的情况下用与比赛相同的时间，完成自由体操、跳马、高低杠、平衡木的全套动作。

陆莉是在国家队两位主力李燕和张文宁赛前受伤的情况下入选奥运队伍的。纵然她掌握了一套世界独一无二的高低杠动作，但鉴于世界名将金光淑、古楚、李森科等人，又鉴于4月巴黎世锦赛上高低杠失误的阴影，整个中国奥运代表团，谁也没敢在陆莉身上压金牌的砝码。

陈跃玲进行爬坡和耐高温训练

1991 年 8 月，陈跃玲从日本参加比赛结束后，回到祖国。

这时，中华大地上已经刮起"奥林匹克风"。她心里很清楚，要从近几年一直领先的国外选手中攫取这枚金牌，并非易事。她必须在技术、战术、体力、心理上做好各种准备。

这一切，教练王魁早有盘算。这次巴塞罗那奥运会女子 10 公里竞走比赛确定的路线，与往昔选择的道路不同，有相当长的一段路程坡度很大。

楼大鹏是国际田联理事。他把这个信息告诉了王魁。王魁过去就重视坡度训练，因此他在安排计划中更突出了这方面的内容。

于是，他领着陈跃玲来到大连，拉开了迎战奥运会的序幕。

就是在这里，在 203 高地，曾经的日俄战争之地，今天成了陈跃玲向竞走巅峰冲击的战场。这儿有一段山路陡得很，仰角足有 30 多度，距离 800 多米长。王魁领着陈跃玲天天在这里走坡度。

为了增加训练强度和密度，王教练根本不让陈跃玲有喘息的机会。

一节课下来，陈跃玲要走 10 个来回。不到两三趟就汗水直流，大口大口喘着粗气。10 个来回下来后，心脏像棒槌敲打似的咚咚跳个不停。心率每分钟达到 222 次。一回到宿舍，陈跃玲就瘫软在床上。

大赛前的一个多月，陈跃玲和教练又来到青海省多巴镇。一次更为要命的高原训练开始了。

多巴镇海拔 2366 米。王魁选择的是青藏公路上 1985 至 1993 公里处的一段坡度很大的路程。那里，海拔已达 2420 米。

在一个多月的训练中，陈跃玲将完成在高原缺氧条件下增强心肺功能，提高坡度行走的能力以及缩短步幅、增加高频的技术改进任务。

其实，关于陈跃玲的技术改进一事，国家体委于上一年年底就认定女子竞走在奥运会有夺牌之望，关键是技术上要经得起考验而不能重蹈覆辙。于是，国家体委在昆明组织了高原集训，由教练员、科研人员、裁判员对运动员的技术进行了"会诊"。

他们对曾超世界纪录又屡遭败绩的陈跃玲作了重点分析研究，提出了"适当缩短步长，加快步频"的建议和未来巴塞罗那比赛中的战术问题。这次，王魁正是采纳众议，确定在青海训练的任务的。

一个已经从事多年竞走训练的运动员，技术已经基本定型，每步幅度多大，每分钟走多少步，已经形成条件反射，要改变它，是很难的。

现在，王教练要求陈跃玲缩短步幅，提高步频，每分钟要达到 230 步到 240 步，她心里也打怵。

此外，高原缺氧，本来就使冷不丁来这里的人难以适应。稍微动一动就上气不接下气，甚至头晕目眩，恶心呕吐，何况要在这里高速度、高频率向上爬行，反复冲刺！但是，陈跃玲坚持了下来，还按照要求，在每天的训练中一遍又一遍地纠正技术失误，直到教练满意了为止。

在青海的那些日子里，瘦骨嶙峋的王魁为了使陈跃玲把体力完全用在训练上，每天骑着自行车驮着她，从县城出发，爬坡上青藏公路，往返 8 公里。

陈跃玲坐在教练身后，瞅着他汗水湿透的背心，心里很不是滋味。她心想，真要是在奥运会上拿不到好成绩，也确实对不起教练。

7 月 16 日，在当地组织的一次竞走测验中，陈跃玲以她顽强的作风和精湛的技术，甩下了青海省的男子冠军，取得了第一名，证明了经过坡度训练和技术改进后，她的能力有明显的提高。

接下来，王魁又给她上了最后一课。巴塞罗那奥运会的竞赛日程早已确定，女子竞走赛安排在 8 月 3 日，那时当地的气温一般都在 33 摄氏度到 35 摄氏度之间。

在东北出生的陈跃玲，生性怕热，要在如此高温下参加激烈的比赛，平时就得创造种种条件增强身体的适应性，增强耐热能力。

于是，王魁要她在 35 摄氏度以上的环境下发挥技能。因此，他总是在每天温度最高的时刻组织训练。

夏日的青海高原，早晚和午间温差极大。王教练和陈跃玲提前吃罢午饭，匆匆赶到公路上。两个多小时的高强度训练就在炽热的阳光直射下进行，不管天气有多热，不论在什么时候，陈跃玲都得按规定把长衣长裤捂在身上。

就这些还不行，在旅顺时，王魁每天都要给她安排一次桑拿浴。

每当陈跃玲一钻进那间密闭的小屋时，水温就逐步调到 85 摄氏度到 90 摄氏度。顿时，那快滚开的水化为蒸汽，弥漫在整个小屋里。在这个高温"蒸笼"里，陈跃玲每次都要蒸 20 分钟以上。

7 月中旬，赛期已近。他们从青海高原下来回到北京，正赶上 17 日到 20 日 4 个爆热天，气温高达 40 摄氏度，地面温度达到 55 摄氏度。有些路面沥青都被晒化了。

王魁一看，又是一次绝好机会，行装一撂，就领着陈跃玲练了起来。

那几天，陈跃玲还是身着长衣长裤，天天到驻地附近的立交桥上爬高坡。头顶毒烈的日头，脚踩滚烫的水泥地面，冲着扑面的热浪，几个来回汗水就湿透了衣裤，水淋淋地紧裹着她的身躯。

有一天，训练还没结束，她终于再也支持不住了。

大量排汗使她感到虚脱，快昏厥过去了。

王魁看着她那筋疲力尽的模样，也心软了。"不练就不练，拉倒吧！"他无可奈何地扭头离去。

这一年，长期的超负荷训练，使陈跃玲腰肌劳损，再加上这几个月跟头把式地折腾，脊柱又发生错位，动不动就疼得直不起腰来，经常烤电疗，腰部皮肤都烤变色了。

在青海时，伤病更厉害了。有一次王魁和青海体工大队的高医生为她做脊柱复位处理。把她摁在床上，用手使劲地掰，把她痛得大汗淋漓。泪水和汗水把床单湿了一大片。

为了在奥运会上为祖国争得一份荣誉，她付出了极大的努力。

这一年女子竞走 10 公里的世界最好成绩，是意大利萨尔瓦多创造的 42 分 7 秒。

而陈跃玲的实际能力已达到 41 分 30 秒。以半分多钟的优势到巴塞罗那参加竞争，陈跃玲的心里比较有底了。

射击队训练射击感觉

1992 年 1 月，中国射击好手们进行组队选拔。女运动员张山和两名男队员王忠华、张新东一起入选奥运集训队，随后便开始了紧张的备战。

教练刘继升特别强调"人枪一体"，要求队员的射击动作向规范化发展，力求形成无意识打靶。

4 月 14 日，张山在训练日记上提出了一个设想：

是否试验一次，身体侧立。

在 15 日的训练中，她试着把身体与靶位前沿线的角度增大到约 20 度，自我感觉有助于举枪与转体的协调，她增强了信心。

16 日，张山把夹角再扩大一点，动作更加舒展自如。

她和她的枪，融为一体了。现在，枪就好像是她臂膀的延伸，又好像就是她的眼睛。她相信，不管碟靶从哪个方向飞出，向哪个方向飞去，只要她的眼睛能看到，它就"在劫难逃"了。

18 日，张山通过实践，完全肯定了自己的探索。在训练日记中，张山表示：

坚持自己的动作，放开手脚做动作。

刘继升也在关切地注视着张山训练中的变化。看了张山训练日记中的体会，他立即给予支持，提笔在日记后写上"动作确认了，就需在程序上下功夫"。他提醒张山，把这种新感觉、新动作熟悉起来，稳固下来。

临近奥运，为了更适应比赛，锻炼队伍，飞碟射手拉到山东进行超量模拟比赛训练。每天打 100 靶，连打 3 天。张山每天都只打 98 中。张山感到如果自己真想百发百中，并不难做到，但过早地出现高成绩，可能造成比赛中对自己的苛求，影响她射击时的"意境"。

刘继升也有预感。奥运出发前，他对前来采访的记者们守口如瓶。他只是说："我们竞争力不强，能进前 6 名就不错了。"

但是，他在自己教练员日记上，毫不犹豫写上："张山目前的技术状况，很有可能在奥运会上打出 200 中。"

在男选手中，有一位射击队员王义夫。在 1991 年，王义夫首战洛杉矶世界杯射击赛，手枪慢射和气手枪射击就双双告捷。5 月，他又参加慕尼黑世界杯赛，气手枪再度夺魁。8 月，他又参加世界杯赛，同两名高手决战于慕尼黑，称之为世界杯总决赛。结果，王义夫力挫群雄，登上气手枪王座。这一年，王义夫成为全国射击十佳运动员之首。

王义夫对自己信心十足，他渴望着 1992 年的巴塞罗那奥运会，他要去摘取奥运会上那耀眼的金牌。

1991年11月，王义夫把不满周岁的女儿托付给天津的姨妈，与妻子张秋萍一起投入了紧张的奥运集训。1992年2月，天津闹起流行性感冒，姨妈家全家病倒，王义夫赶去照顾了两天，又匆匆回到集训队。

4月间，王义夫在身体训练时崴了脚，脚腕子肿得老高，走路都一瘸一拐的。拖着一条伤腿，但他一天也没耽误训练。没几天，集训队打考核，王义夫以一只脚为重心，手枪慢射打到571环，气手枪打到590环。

正在这里训练的一些省市运动员羡慕地说："你看人家王义夫，一条腿比咱们两条腿都强。"

教练员张恒是极富指导比赛经验的。他和王义夫一起制订比赛方案，告诫王义夫："到奥运会去，目标非常明确，争金牌。但不能去想非拿金牌不可，比赛中要想动作，想最佳感觉，动作打出来了，环数自然就有了。"

奥运会出发前，中央首长为代表团送行，李瑞环讲了一句话："欲胜人者，必先自胜。"

王义夫联想到了自己。他想，手枪比赛两个半小时，在这样高水平的较量中，就是给你时间战胜自己。特别是在关键时刻，谁能处变不惊，打出自己的正常水平，谁就能把握住成功。

乒乓球队誓夺冠军

1992 年，报刊在分析中国体育代表团的形势时，普遍认为有两枚金牌是稳操胜券的：

一是高敏的跳水，二是邓亚萍的乒乓球单打。

另外，代表团团长伍绍祖等在公开场合也称，只有这两枚金牌是有把握的。

对此，教练姚振绪开玩笑说："这次奥运会，我有些担心邓亚萍得冠军，那样的话，世界所有的冠军她都拿完啦，我担心她会觉得没有意思了！"

有一次，姚振绪对邓亚萍说："你的目标应该是在所有的奖杯上都刻下你的名字，现在你才刻了两个奖杯。"

当中国乒乓球女队把一枚金牌定在邓亚萍身上时，邓亚萍说："我努力吧。"

后来，一位采访乒乓球多年的记者说，那时邓亚萍的气势不那么旺了，她的技术出现了一些故障。她的打法是正手反胶，反手长胶；正手快速凶狠，反手怪异。她接发球是薄弱环节，而且因太矮，最怕对手左右调动。

邓亚萍身上突出的特点，被认为是"人小志大"，

"手狠心黑"。《北京日报》有一篇评论，题目干脆就叫《人小心"黑"》！"黑"在哪儿呢？

这主要是因为，她打球，不仅对外国选手狠，对自己的队友也狠，能赢 10 分，她绝不赢 9 分。这个评价，正出自她的教练张燮林之口。

就连平时队友的训练比赛，邓亚萍也绝不服输。一次，她负于一个队友，她找到张燮林说："让我再跟她打一次。"

教练知道她的脾气，只有捞过来，她才作罢。因此，对手们从内心里怵她。

对此，邓亚萍辩解说："只要站在球台边，就是对手，只要是对手，就该打败他，没什么大惊小怪的。"

离奥运会只有一个月了。一天，邓亚萍和队友王晨打训练赛，最后以 1 比 3 输了。她表现得非常急躁，脸色很难看。场上的气氛有些难堪，尽管人们早已熟知她的性格。

输掉最后一局时，她怒喝一声，把球拍摔在地上，弹到几丈开外。尽管在场的有队友，有教练，还有记者。

她在对自己发火。张燮林没有说话，沉着脸。他对邓亚萍是厚爱的。回到宿舍，张燮林训了她一顿，并苦口婆心地分析了输球的症结。

可以说，邓亚萍的气势非常旺，这让对手畏惧。

对此，徐寅生说："过去外国选手在球台边一见身穿红衣服的中国人，心里就害怕，动作变形，上场就打不好。现在邓亚萍就是一个让对手发慌的优秀运动员，而中国队现在缺乏的恰恰就是邓亚萍这种精神。"

许绍发也说："中国男队缺乏邓亚萍这样的扭转局面的人物，她太出色了。"

张燮林说："像邓亚萍打球的那种劲头，中国队里60年代有，70年代有，到了80年代就看不到了。现在冒出了邓亚萍，这就是希望。"

截至1992年7月，即第二十五届奥运会开幕之前，年仅19岁的邓亚萍已摘得各种各样的冠军奖牌50多枚，就差一枚奥运会金牌了。因此，这块金牌，她梦寐以求。

在乒乓球队男队队员中，最有实力的就要算王涛了。

他曾在1990年第一次参加亚洲锦标赛时获得男团、男单两项冠军；1991年初，他首次参加世界大赛，摘取了第四十一届世乒赛混双桂冠；1991年底，他首次代表中国队打世界杯团体赛，和队友一道战胜对手，捧回冠军杯。

此后，夺奥运会冠军成了王涛最大的梦想，而这梦想差一点被一场"怪病"敲碎。

1992年年初，王涛从瑞典回国后不久出现口腔溃烂，舌苔上起了一层红红的血泡，所有的消炎药、清火药都无济于事，整整5天滴水未进。后来一位老中医开了一服清火的药方，王涛舌苔上的血泡才渐渐消了。

6月底，中国男队辗转重庆、成都、广州和日本参加一系列比赛后，在扬州安营扎寨，准备在奥运会之前进行最后三周的封闭训练。

王涛刚到扬州就得了肠炎，腹泻止住后又发起高烧。躺在床上打点滴的那几天，王涛心急如焚，眼看奥运会一天天临近，自己一会儿伤，一会儿病，再加上国内、国际比赛，真正的系统训练只有一个月，怎么去实现奥运冠军的梦想？

这一急事情更糟了，王涛烧刚退，嘴里的血泡又起来了。当王涛捂着长衣长裤，头重脚轻地坐在闷热的馆里看队友们训练，感受大战气氛时，他在心里默默地给自己鼓劲儿："一个硬汉不会在任何困难面前低头，病好了以后加倍地练，你会实现梦想的。"

教练们对他期望很高，王涛病愈后，教练每天陪着加班，所有的期望都在不言之中。

冬训时，男队教练班子制定了一个新的战略方针：在奥运会上以双打为突破口，争取做"乱世英雄"。王涛和吕林是当时国内最好的搭档。1989年底开始，两人配对几天就出访欧洲，几乎每次都拿双打冠军，随后在亚洲锦标赛上夺得第三名。一年后，王涛和吕林又获得第四十一届世乒赛男双亚军。

王涛清楚自己肩负的责任。王涛明白，处于困境中的男队需要他们每个人都付出艰苦的努力才能走出低谷，自己对这个集体的兴衰有一份不可推卸的责任，他要用自己的力量来担当起这个重任。

跳水队进行奥运集训

1992 年，每天重复的训练使跳水运动员伏明霞每天清晨和中午都是拼命睁开惺忪的睡眼，走上训练场的。

刻苦训练的伏明霞，在这一年年初，前往独联体、德国和北美洲参加了一系列邀请赛。

她和教练庆幸地发现，一大批对手都掌握了她在世界锦标赛上的那一套动作。

而那些瞄准伏明霞的对手们也惊讶地看到，伏明霞的新动作又把她们甩在了后面。她们都是准备用原来的那套动作和伏明霞拼奥运会的。

一站一站比下来，伏明霞也曾输掉过应该到手的冠军。教练于芬对此却没有一点不快，她对伏明霞说："这时失败很好，正好让我们明确你的动作上的不足，还有时间狠抓一下，再向成功迈前一步。"

此后，教练又对伏明霞进行了具有针对性的训练。

伏明霞在自己的训练日记第一页写道："今天到三亚，明天开始训练。我一定要按计划好好准备奥运会。"

这是一次全新的训练，要在海风和日光中完成翻倍的训练量。

伏明霞从未有过露天训练的经历，可这是迎接奥运会的露天比赛所必需的。

适应突变的环境，还要承受大运动量的训练。在三亚，有时要连续训练 6 个小时，除了力量训练以外，要连续完成 240 个动作。

午后 1 时的太阳，晒得伏明霞像个小黑孩。于芬一直对伏明霞这样说："你要想着去拼别人，而绝不是要保冠军。"

伏明霞在预赛后交给教练的训练日记中也这样写道："我今天预赛第一。明天还要从头来，一轮一轮地去拼。"

在跳水队，还有一员跳水健将高敏。在澳大利亚珀斯的第六届世界游泳锦标赛中，高敏没有料到，她又一次战胜了老对手——苏联的拉什科。

当比赛结束，高敏头戴镶着美丽钻石的牧童帽，胸挂金牌，手持鲜花，站在冠军领奖台上时，她就把目标瞄向了 1992 年西班牙的巴塞罗那奥运会。

对高敏来说，征战巴塞罗那奥运会最大的困难便是伤病。

多年的积累，高敏的肩、腕、背、腰、腿、踝关节，处处是伤。世锦赛后，高敏休息调整了一年多，直到 1992 年初才开始恢复训练。刚到训练场，一举手、一抬腿、一蹬板、一翻腾转体，全身各部位就疼痛难忍。

痛归痛，但必须进行系统训练了。因为离 7 月巴塞罗那奥运会开幕已没多少日子了。

4 月，高敏参加了加拿大、美国、墨西哥三国的跳水巡回赛。

徐益明原本的打算是：奥运会前检验队伍的训练状况，适应室外比赛的环境。但一个月的征战，却把个白白净净的高敏晒得黑乎乎地回来了。

上泰山只调整了两天，国家跳水队马不停蹄，拉到了天涯海角的三亚，准备进行 50 天的奥运集训。

高敏开始了大运动量训练。

清晨，高敏在凉爽的椰树林中出早操；晚上，高敏沿着逐浪的沙滩跑回驻地，平均每天的训练量达 7 小时。

没几天，高敏的右肩伤未愈，左肩又出了毛病，连胳膊都抬不起来。不得已，大夫只好给她打上了封闭针。

在三亚训练是为了模拟巴塞罗那的室外跳水环境。但三亚太热了，气温每天都在 32 摄氏度以上。两次陆上训练，高敏累得中暑，差点昏了过去。

奥运临近，高敏的状况终于有所恢复，就是在这样的训练中，高敏要向奥运会发动冲击了。

此外，在跳水队员中还有一个 16 岁的男孩孙淑伟。跳水训练是非常艰苦的，但这个男孩却并没有因此怯阵。

有人计算过，跳水队员入水压水花时手腕要承受 350 公斤的压力。孙淑伟的手臂常常因此肿痛。

每天要成百上千次地在陆上弹网上练习翻腾，孙淑伟脚上的尼龙袜没多少天就要磨破一双。

就在这艰苦、单调、危险的跳水训练中，孙淑伟是练得最苦的一个。他是国家跳水队公认的运动量最大的队员之一。

在三亚集训时，孙淑伟每周训练 54 个小时，有时一天达 10 个小时，常常在晚上七八点钟，天全暗下来才走下跳台。

三亚跳水基地，跳台的梯子还未造好，为了抢时间，工人们用竹子搭好简易的竹梯，孙淑伟从竹梯上一步步走上高高的 10 米台。

三亚基地的配套设施还未建好，没有厕所，孙淑伟和队友们只能躲在民工棚后面方便。

孙淑伟从 1989 年离开省队去国家队集训之后，整整三年没有回过一次家；为了备战奥运，这一年来，他没有写过一封家信。

水的确太有诱惑力，水给予了孙淑伟无言的快感。他说："跳水能把我带到最想去的地方，进入最美好的境界。"

孙淑伟要登上奥运会的领奖台，他相信，总有一天他会在世界唱响自己的名字。

柔道队庄晓岩练新招

1992 年的一天，中国柔道队郭仲恭教练对庄晓岩说："你若想保持领先的地位，必须要超越自己，以更过硬的技术，迎接新的挑战，攻克新的难题。如果还是老一套，奥运会上就不行了！"

郭仲恭和教练组考虑到，在去年世锦赛后，外国人一定会深入研究制定破解庄晓岩绝招的战术，因此，必须琢磨出适合庄晓岩的新绝招。

不知经过多少个劳心费神的日夜，他们终于针对庄晓岩动作灵活、速度快、腰部力量强、手的握力大的特点，设计出"拉翻"这个新招。

这个新招是从中国式摔跤技术中引申而来的，简单解释它的做法是，当对手俯卧时，庄晓岩用双手抓着对方迅速一拉，把对方翻成仰卧，紧接着用身体将对方死死压住，继之用寝技制胜对手。寝技是在双方同时处于非立姿的状态下使用的技法，该技法能够有效地控制及制服敌手的动作。

这一招说起来简单，可庄晓岩却苦练了半年多。为此，教练倾注了巨大心血。

一天下午，孟昭瑞教练陪庄晓岩练。交手时，她发现孟教练眼圈发黑，双眼红肿，布满了血丝。她琢磨昨天他准是又熬夜了。

几个回合过去，庄晓岩又一次将孟昭瑞狠摔在地，俯身一看，只见他脸色苍白，双腿发肿，两只手直打哆嗦，胳膊像是抬不起来了。庄晓岩知道，为了实现她的超越，孟教练已到了废寝忘食的程度……

正在庄晓岩走神迟疑之际，孟昭瑞突然吼道："晓岩，愣什么？快练！"庄晓岩又投入到训练中去。

当天深夜，庄晓岩发现刘玉琪和孟昭瑞还在她邻近的房子里研究技术动作，便走过去说："教练，大半夜的，怎么还不睡？"

孟昭瑞答："晓岩，这块金牌，咱们说什么也要拿啊！一点小问题想不到，有针鼻儿大的漏洞，咱都拿不下来啊，姑娘！"

听着孟昭瑞那颤巍巍的声音，联想起白天训练时的情景，庄晓岩心里很难受。

此后，庄晓岩练得更加自觉，遇有头疼脑热的，她打了针吃了药照练不误。当遇到女性生理周期时，她请队医掐掐穴位止住疼，接着去练。几个月下来，她的技战术质量有了明显提高。

其实，为了使庄晓岩能够在奥运会上拿到金牌，早在北京亚运会结束不久，郭仲恭、刘玉琪、孟昭瑞及其他教练就开始深入细致地分析研究庄晓岩可能遇到的外国选手，把她们的风格和技术特点，以及取胜她们的对策，都一清二楚地写出来给她，并叫其他队友模仿对手的打法，陪庄晓岩训练。

可以说，在备战奥运会的那些日子里，国家柔道队的队友们甘于埋没自己，模仿各种不同风格的打法陪她进行针对性训练，他们付出了心血和汗水。

河北的乔燕敏，是个大级别的女选手，跟古巴的罗德里格斯一样采用左式摔法，也是庄晓岩的主要陪练，一天不知道要挨庄晓岩多少次摔砸。

那天下午，庄晓岩身体感觉不太好，动作也没准谱，一个背负投摔下去，就势把乔燕敏压在身下，一下子把她腿砸伤了，脖子也窝了。这时，庄晓岩觉得摔的效果不好，教练喊道："重摔！"庄晓岩抓起乔燕敏又一次摔下去。

可庄晓岩仍觉得动作不顺，心里也烦得慌，坐到了一边。

乔燕敏见庄晓岩神色不对，便忍着伤痛挣扎站起来，劝道："庄姐，坚持吧！为了奥运会那块金牌啊！"

她那双红红的眼睛里盈满了泪水，庄晓岩被感动了。为了奥运会的金牌，她们在默默地奉献着心血和汗水。

男队的管奕扬，1.90米以上的大个子；男队员郭玉斌，体重150多公斤，都是她练寝技的靶子，每天几百次地让她摔砸在身下。

一天练"拉翻"，郭玉斌的脖子、背部都被她抓肿了，皮都抓掉了，殷红的血直往外渗，可他硬是咬牙挺着。怕庄晓岩手软，他还一再说："庄姐，别下手太软，我没事……"

其实，何止乔燕敏、郭玉斌、管奕扬，还有张颖，这位世界亚军，不仅心甘情愿地让她一次又一次地往下摔，而且还向她介绍自己训练和比赛的经验体会……

然而，并非具备了技术实力便能够拿到金牌，心理素质、意志品质、身体素质也都是取得胜利的重要因素。

这天上午，训练就要开始了，录放机里传出锣鼓声、呐喊声、起哄声，令人心烦意乱。这是教练们为了锻炼庄晓岩的心理素质有意录制的。

这次的训练内容是 5 分钟 14 场的教学比赛，这个安排远远超出了正式比赛的强度和生理极限。

庄晓岩上阵了，使出平生力气，一个一个地摔，一场一场地打。当打到第十二场时，她疲惫不堪，汗水和着泪水模糊了双眼，她感到神经麻木了，身体也不听使唤了，不由自主地瘫趴在垫子上。

这时，教练们立即把磁带上录的国歌播放出来，音乐和歌词一起灌入她的耳朵：

起来，不愿做奴隶的人们，把我们的血肉
筑成我们新的长城……

围在她身边的 40 多位队友也齐声呼喊："庄姐，站起来！庄姐，站起来！"她猛然警醒，挣扎着站起来，像一头猛虎般又投入到锻炼中去……

半年多的强化训练使她的技战术、心理和身体素质都达到了前所未有的高水平。

然而，就在临近奥运会的一个月，训练时她的左膝关节受伤了。队医王长林背着她来到一位运动医学专家的诊室。

经诊断，专家说："最好手术。"

"什么？手术？那我还能打奥运会吗？不行不行！"她坚决不同意手术。

专家理解了她，连续打了两天"封闭"，第三天一早她就憋不住了，一进训练馆，抓过机器人就玩命地练投。

孟昭瑞说："晓岩，伤没好就先别练。"

"哎，我说孟教练，离比赛没几天了，不练行吗?!"她时刻想着奥运会，想着巴塞罗那。

二、 进军奥运

- 1992 年 7 月 18 日 14 时，中国体育代表团 140 多人，在副团长袁伟民、徐寅生、李富荣的带领下，在首都机场登上专机，飞往巴塞罗那。

- 徐寅生强调说："离开幕式还有一个星期，让大家早早赶来，是为了适应整个环境……"

- 中国体育代表团的一位领导向跳水队教练于芬和游泳队教练周明问道："跳水队和游泳队能不能一下子适应呢？"

中国队前往巴塞罗那

1992 年 7 月 18 日 14 时，中国体育代表团 140 多人，在副团长袁伟民、徐寅生、李富荣的带领下，在首都机场登上专机，飞往巴塞罗那。

这次奔赴巴塞罗那的中国代表团有 381 人，如果加上奥申团、观摩团、技术官员、记者团和其他人员，总人数有 600 余人。

北京距巴塞罗那空中距离有 9200 公里，中国体育代表团乘坐现代化的"客机之王"——波音 747 客机，只需要 11 个小时就能到达。

在机舱里，队员们十分活跃，纷纷谈论着这次远征。

巴塞罗那是国际奥委会主席萨马兰奇的故乡，是素有"地中海明珠"之称的国际旅游胜地。对中国代表团中的大多数人来说，这里充满了神秘与新奇。

在西班牙的巴塞罗那举行的第二十五届奥运会，申请主办的城市还有法国的巴黎、荷兰的阿姆斯特丹、澳大利亚的布里斯班、英国的伯明翰和南斯拉夫的贝尔格莱德。1986 年 10 月 17 日在洛桑举行的国际奥委会第九十一届全会上，巴塞罗那赢得了主办权……

与队员们相反，3 位副团长的面色却极为凝重、严肃，他们只是不时交谈几句，然后又各自陷入沉思中去了。

3位副团长都是运动员出身，与赛场打了多年的交道，他们对体育比赛的情况与规律了如指掌。他们非常清楚，在这种大战役之前，任何细小的因素都可能消耗宝贵的精力。

早在体育代表团临行前，天津一家药厂的厂长在出国访问期间，因水土不服吃了不少苦头。回国后，这位细心的厂长赶紧将自己的亲身"体会"连同一批药品赠送给代表团。

因而，在这次远征之前，代表团的领导就把各项应该准备的事宜，十分全面细致地准备好。

但是，奥运会比赛至关重要，他们怎么敢掉以轻心呢？此时，他们依然思索着是否会有什么遗漏的问题。

巴塞罗那与北京有6个小时的时差，飞机于巴塞罗那时间18日19时抵达，而此时，则是北京时间19日1时左右。

飞机降落到巴塞罗那机场后，队员们似乎忘记了一路疲劳，争先恐后地奔出机舱。

可是不一会儿，他们便在人声鼎沸的出口处停顿了下来。原来，机场没有设置奥运专用通道，大家只好耐心地与其他乘客一起从公共通道一步一步往外挪。

就这样，也不知过了多久，代表团成员才全部走出机场。

当中国代表团来到机场门外后，他们并没有看到东道主组织人员前来迎接各国代表团，但却受到了当地几百位自愿前来迎接的华侨们的欢迎，他们还向代表团成员献上了鲜花。

华侨们的热情一下子冲掉了机场的冷清，使中国体育代表团成员感到一阵温暖。

对此，代表团中的一位官员感慨地说："天下华人是一家啊！"

在赶往奥运村的车上，许多运动员都把头扭向了窗外，但是他们很失望。因为此时天色已晚，城市的景色只剩下并不比北京长安街辉煌的灯光，街上并没有大家想象中的标语满天、彩旗飘扬的景象。

代表团一行人来到奥运村，奥运村依海傍水，环境幽雅，高楼不多，各式各样。中国代表团住在一区 B 组 3 幢 3 楼内。

这时，大家都在各自房间里等取行李。

根据事先了解的情况，行李从机场运送到奥运村要经过三道工序：先由机场装车送到运输公司，再由运输公司送到奥运村，最后由奥运村装车送到代表团驻地。

两位副团长不太放心行李，袁伟民和徐寅生不时地跑到院子里张望。

直到巴塞罗那时间 2 时多，几百箱行李才送达。

巴塞罗那属地中海气候，白天炎热，夜晚凉爽，行前带来的一批电扇用处不大，搬运时反倒成了负担。

此时，一些年轻力壮的领导因多属超编人员，已经赶往城外住宿。

剩下的领导多数在 50 岁开外，都当起了搬运工。至于运动员，他们即将上阵参战，是全团的重点保护对象，是绝对不能动用他们的。

就这样，中国体育代表团在休整好之后进入了梦乡。他们深知，好的睡眠才能迎战即将到来的战役。

7 月 21 日，伍绍祖团长率代表团第二批成员 230 多人抵达巴塞罗那。

至此，全部人马基本到齐，代表团指挥机构也开始了全面运转。

领导高度重视工作漏洞

　　巴塞罗那时间 1992 年 7 月 19 日早上，西班牙航空公司给中国代表团打来电话：中国代表团托运的一只皮划艇在运输途中不慎被撞坏。

　　这一消息转告给主管皮划艇项目的国家体委一司司长钟添发后，钟添发急得跳了起来，一句话也没说，一头就冲进了 3 个副团长的住处。

　　钟添发之所以这样着急，是因为我国参加十几项皮划艇项目比赛，基本上都是在当地租艇，只有这只四人艇肩负着爆冷夺牌的任务，几经研究才决定把它运来。

　　可是，这只艇的分量虽然不重，面积却有 3 个集装箱那么大。开始，西航不愿承揽此事。几经努力，他们才答应可以先运到德国法兰克福，然后转运巴塞罗那。

　　不料，刚准备起运，法兰克福传来汽车工人罢工的消息。最后只得改运东京，再转机运往巴塞罗那，中方为此付运费 5 万元人民币。之所以花此重金，实在是因为对它寄望甚厚。

　　1991 年，这艘艇的主人曾三次在重大国际比赛中勇夺冠军，成为我国在奥运会皮划艇项目中最大的希望。然而，费尽心力，眼下却遇到这种意外。

　　袁伟民权衡再三，当机立断，道："派人交涉，修！"

这件事引起 3 位副团长的高度警觉，他们思考别的方面会不会有什么漏洞。

当天晚上，代表团第一次召开各队领队、教练会议。徐寅生副团长首先讲话，他强调说："离开幕式还有一个星期，让大家早早赶来，是为了适应整个环境。现在看来，场地、器材、气候，都是我们需要适应的外部环境。"

袁伟民认为，当前的思想工作，就是要解决好一些具体问题，一切工作都要落实到出成绩。

袁副团长侃侃而谈，细致入微地提出了八个方面的要求。比如，巴塞罗那昼热夜凉，晚上要注意防止感冒；奥运村到比赛场馆，各队都要派人亲自走一趟；各队教练要熟悉村内娱乐设施，以便督促队员按时休息等。

虽然团领导异常小心地安排着一切，但是仍然有一些问题发生。7 月 21 日，一向不动声色的袁伟民大动肝火。原来，有的队伍出早操时松松垮垮，没有斗志。相比之下，拳击队的 40 分钟早操则一丝不苟，极为认真，因此拳击队的古巴籍教练佩德罗受到团部表扬。

对此，袁伟民要求："临近比赛，必须练出气势。"由于 3 位副团长的高度重视，运动员们的斗志大增。

中国代表团在奥运村

巴塞罗那时间 1992 年 7 月 23 日，中国体育代表团的一位领导，在餐厅遇到跳水队教练于芬和游泳队教练周明，于是问道："跳水队和游泳队能不能一下子适应呢？"

其实，面对历史上规模最大的体育代表队伍，团部最大的担心自然集中在吃、住和场馆 3 个方面。

团领导们一直都担心跳水队和游泳队的比赛，因为在这里比赛都是在露天举行，这对于习惯了室内场馆的中国队员们来说，恐怕不能马上适应。

于芬说："跳水队早在海南的三亚露天馆集训了几个月，这里的条件比三亚还好，风不大，紫外线照射不强，气温也不高。"

周明也说："经过两天的适应，队员们精神和感觉都不错。"

运动员们在如何适应场馆方面没有问题，团领导也就放心了。

但是，吃住是否能够适应，更是一个大问题，这尤其引起团领导的担心。

奥运村运动员餐厅 24 小时全天开放，厨师大部分来自法国。法国厨师配菜比较注重营养。这里的西餐品种虽然少于汉城奥运会，营养成分却较之更加丰富。

中国代表团驻地距餐厅有半里之遥，每隔两三分钟，就有一趟班车从楼下开过，为运动员带来很多方便，同时也省去了不少劳累。

袁伟民等3位副团长挤在两室一厅的套房里。为了腾出客厅兼做会客室，徐寅生副团长把厨房改做了卧室。

担心的事暂时都成为多余，万事俱备，只等参赛了。

开幕式前，团部决定，第二天有赛事的队员一律不参加开幕式，由工作人员补上。

对于这次中国队参加奥运会，在开幕式前后，奥运村工作人员给中国团部送来3张明信片。

3张明信片寄自台湾的台中市，是同时寄给中国代表团和中国台北代表团的。

其中一张署名陈昭健和龙祝芳的明信片上这样写道：

我不能和你一样充满自信地代表中国人站在最前方，但是，让中国人的心驰骋，让中国人的光荣飞扬，超越巅峰的梦想，真的和你一样。丰收的故事正在开始，再次热情地为你加油、加油再加油！

从这3张小小的明信片中，可以看出台湾人民的心是同祖国大陆人民联系在一起的。他们关心着祖国的体育事业，希望祖国的健儿能够取得好的成绩。

此外，中国的新闻记者们在这次世界性的体育大会召开之际，也都纷纷活跃起来。

但他们普遍面露难色。从记者村赶来的中国记者们纷纷向中国代表团诉起苦来。

巴塞罗那物价奇高，居住在记者村的中国记者相当一部分人没有装备电话，一些机灵的记者试用磁卡电话传稿，但多数人传到一半便"卡壳"了。无奈之下，大家只得花 18 美元传一张稿。

记者村到新闻中心约有半小时路程，场馆之间没有直通车，当地司机常常开错路线，害得记者们叫苦不迭。

《北京晚报》的两位记者更倒霉，他们在填表时因为失误，活动范围被固定在了田径场。

中国代表团对记者们的处境十分同情。当天，团部便派人前往组委会，去见新闻主任马蒂先生，先给那两位记者解决了他们遇到的麻烦。

之后，团部又给记者们建立了电话联系网，并把团部唯一的电话当做总部联络点，通知给各方面的中国记者。

随后，团部又决定由袁伟民前往新闻中心看望记者。

在袁伟民看望记者的第二天，伍绍祖又亲自赶到新闻中心。

新闻中心地价昂贵，我们只有新华社一家在此租用了办公间。伍绍祖到达新华社办公间门口时，看到门口贴满了近几天中国运动员活动的照片，不禁对记者们的工作热情大加赞扬。由于又遇上司机迷路，伍绍祖准备赶往记者村的愿望最终没能实现。

开幕式前几天，记者们不能随便进入奥运村采访。后来，记者们发现奥运村有个"国际区"，一些外国记者常常在那里或餐厅采访运动员。

于是，渐渐地，这两处地方也越来越多地出现了中国记者的身影。

中国代表团参加开幕式

巴塞罗那时间 1992 年 7 月 25 日，第二十五届奥运会的开幕式，在西班牙巴塞罗那蒙锥克山体育场隆重举行。

本届奥运会共有 28 个大项、257 个单项，首次列入棒球、羽毛球两个大项，并新增设了女子柔道等 20 个单项。轮滑冰球、回力球和跆拳道及残障轮椅赛跑被列为表演项目。

共有 169 个国家和地区的 9367 名运动员参加了比赛，其中女运动员 2708 人，男运动员 6659 人。参赛运动员最多的国家是美国，有 537 人，独联体有 472 人，德国有 463 人。

中国派出 251 名运动员参加了 20 个项目的比赛，中国台北有 37 名运动员参加 7 个项目的比赛。

奥运会的吉祥物，是一只既像羊又像狗的动物。它是西班牙著名画家早在 1987 年专为这届奥运会设计的。

这次中国队担任巴塞罗那奥运会旗手的是宋力刚，他身高 2 米，是中国男篮的内线悍将，曾先后担任亚运会和奥运会旗手。

此时，中国奥运代表团精神焕发地走了出来。他们迈着有力的步伐，排着整齐的队伍。宋力刚举着五星红旗，伴随着乐曲声，出现在奥运会场上。

当中国运动员出现时，全场所有的人都站立起来，摇旗、鼓掌、欢呼，气氛极为热烈。

运动员进场完毕，西班牙神箭手安东尼奥·里波罗射箭点燃火炬，飞箭点燃圣火的一瞬间，赛场充满了肃穆与神圣。

接着，4 组黄红蓝共 24 个"机器人"扭臂摆身出现在场中，它们天真烂漫，色彩艳丽，尤其是一群黄色小鸟扑打着翅膀飞来，四周簇拥着红色的花。

对于第二十五届奥运会的开幕式表演，我国记者肖复兴曾在《火的战车》一文中这样描写：

> 我却极欣赏大海那一场。小海怪拉着一列银光闪闪的车，四面八方拥来腰系蓝白相间圆摆纱裙的少女，那纱裙又轻又薄，几乎不用动，随风便摇曳婆娑，起伏生姿。开幕式预演时，我身旁坐着两位西班牙少女，一位黑发，一位金发。黑发指着场上用英语对我说："wave（浪）！"我对她说："是，太像了。"正说着，看台上人浪起伏，排山倒海般波及到我们看台上，两位少女情不自禁伸出双臂跳起来欢呼。我指着看台对她们说："这也像浪！"她们笑了，黑眼睛宝石一样亮。黑发用英语说："台上台下一样像浪！"然后，她告诉我，这节目叫做"地中海，奥林匹克海"。"我们就在海中！"她这

样说。

此刻，那场上的银车突然从两旁伸出桨，从两端摆出舵，上盖掀开，升起七维风帆，穿行在蓝色的浪花之中。各式海洋动物上场，绿蚌张合、蟹钳紧缩，居然还有始祖鸟，章鱼喷吐着黑色的触角，海怪喷吐着黑色的烟雾，霎时间浓云密布，船蓦地断成几截——一幅与大海搏斗的意象图。当水手与船女爬上桅杆顶端，吹起海螺的时候，玫瑰色的烟雾氤氲，神圣而庄严的音乐飘起……

开幕式后，蒙锥克山上下人如潮涌，西班牙广场上的光明泉喷涌不息，一座音乐喷泉正响着《巴塞罗那》：

巴塞罗那、巴塞罗那……

此刻，整座城市鼎沸，犹如一驾燃着烈火的战车，就像开幕式中出现的那列银车，将会立刻升起风帆，化为航船，驶向奥林匹克之海！

三、 奋战奥运

● 在蒙锥克山贝纳特·比科内尔游泳池，庄泳站在奥运游泳场第二泳道出发台上，等待最后的冲击。

● 还剩下一分钟的时间了，庄晓岩心想：必须速战速决！

● 莫名的激动和兴奋使陆莉在赛前几小时的睡意全部消失，只要一合上眼，脑子里就是一套轻灵、潇洒、稳健、翻飞的高低杠动作。

张山稳获双向飞碟冠军

巴塞罗那时间 1992 年 7 月 20 日，来到巴塞罗那的第二天，张山随刘继升教练来到飞碟靶场，进行训练。

在这里，她看到半边青山在蓝天映衬下翠绿欲滴。试试枪，她感到很顺手，看看碟靶，也非常清晰。于是，在刘教练的指导下，张山进入到训练中。

从 7 月 20 日到 22 日，连续 3 天赛前训练，张山枪枪中靶。

23 日，张山在训练中向刘继升大喊："教练，我故意脱靶了啊！"她不愿提前享受成功。

24 日，按赛会安排，继续赛前练习。吃过早饭，张山问刘继升："今天练不练呀？"

刘继升含笑反问："你说呢？"

张山此时心情非常好，不免顽皮，再反问说："你说呢？"

刘继升断然一挥手："要我说，不练。"

于是，就在那些射手们怀着紧张的心情走进训练场的时候，成竹在胸的张山却在奥运村里惬意地玩起了电子游戏机。

资格赛一开始，张山就再次进入一种旁若无人的状态中。可以说，每一次走上靶位，她都旁若无人，只有举枪击发时的洒脱，碟靶应声迸裂四射时的欢愉。

每一次走下靶位，她仍然旁若无人地走进休息厅，坐到沙发上，戴着她的黄色射击眼镜，头靠着沙发，微微闭上双眼，聆听耳机中的音乐，进入一种半睡眠的状态。

第一天比赛75靶，她就打了个满堂彩，技艺超群，有一种无形的力量。

第二天比赛，张山一走进休息厅，正在那张沙发上休息的射手便急忙起身，让出沙发，他们把它看成是这位女中豪杰的专座。

两天150靶打完，张山保持着无一脱靶的成绩。这一晚，张山做了个梦，梦见自己在资格赛中打出200靶满中，又梦见自己挂上了金牌……

第三天的比赛，张山果然非常顺利地打完了资格赛200靶。

在决赛的那一天，张山打了25靶，但是小有遗憾，在4号、5号靶位上连脱两靶，名次一度跌到第四。

但是，鬼使神差的，那些男射手们也接二连三脱靶。奥运飞碟双向射击的王冠，最终还是回到了张山手中。

年仅24岁的张山，参加飞碟双向射击只有8年，第一次参加奥运会，就在巴塞罗那赛场上战胜了来自世界各国的神枪手，一举摘取了金牌。张山胜利了，胜得叫人心悦诚服，包括她的对手们。

自奥运会举办以来，还没有女子战胜男子的事情发生。因为几乎所有的竞赛项目，都有着严格的性别划分。而唯一允许女子参赛的飞碟射击，又历来是男子汉们的驰骋之地。尤其是欧洲、美洲的男射手们，一直垄断着这个项目的前6名。

况且，资格赛200靶200中，全世界的无数男子飞碟双向选手，迄今为止也只有3个人能达到这个标准。

竞争激烈，运动员的心理压力极大，因此在奥运会上还没有人能达到这个标准。

可是，偏偏这个来自中国的女射手张山，以200满中打平了这个不可能再破的世界男子纪录，破了奥运会纪录，名列资格赛第一。此后，她又在决赛中以223中的总成绩，夺得了第二十五届奥运会的冠军，创造了巾帼不让须眉的奇迹。

张山站在最高领奖台上，听着《义勇军进行曲》，看着五星红旗缓缓升起，心中感慨万千。

可以说，她的金牌之路既有射击天才的成分，又有幸运的机遇，而她不懈的努力则是成就今日佳绩的源泉。

陈跃玲夺女子竞走金牌

巴塞罗那时间 1992 年 7 月 21 日，陈跃玲随中国奥运代表团第二批人员抵达巴塞罗那，住进了奥运村。

此时，距离女子竞走比赛还有 13 天。她和同伴青海的李春秀、沈阳的崔英姿要在这里进行恢复性和适应性的训练，把自己的技术、体力和心理调整到最佳的竞技状态，保证在比赛中发挥出正常的水平。

三年前，作为中国女子竞走队的主力，她曾在这里参加第六届世界杯赛，同队友一起获得了团体亚军。现在，再次来到巴塞罗那，她决心要摘得世界冠军，把中国女子竞走运动三代人为之奋斗的目标在自己脚下实现。

但是，在乔伊娜、托伦斯、普利瓦洛娃这些田径名将中，谁也没有注意到陈跃玲。在巴塞罗那，她唯一引人注目的是那身长衣长裤的运动外衣。

美国体育预测专家阿尼塔·沃什奥基也早把第二十五届奥运会女子竞走的桂冠送给了独联体的伊万诺娃，连他的铜牌预言都没有陈跃玲的名字。

他们所住的奥运村，濒临大海。当成百上千的各国健儿戏水休闲时，陈跃玲却在海滩一段很长的坡道上快速地行走着。她还是那样地锻炼着，汗水湿透了她的衣衫。

教练王魁手中的计时秒表仍在不停地跳动，他那浑厚的吼叫声仍然时不时地传来。

宿舍、餐厅、运动场，三点一线，这就是陈跃玲在巴塞罗那 13 天的印记。

7 月 27 日，赛会组织教练员实地察看竞走比赛路线。赛场的起点设在蒙锥克山东面的一条公路上。先在 500 米的距离上来回走 8 圈，就是 8 公里，然后沿着一段坡道向山上的奥林匹克体育场行进，最后进入体育场，沿跑道的外圈一周到达终点。

当许多国家的教练员来到上坡处时，一看坡度那么大，全都傻眼了。

王魁看后并不惊慌，他心中有底，他曾不止一次来过巴塞罗那。

一年来严格的坡度训练已为此打下基础。他已经把这段上坡路程看作夺取金牌的有利条件了。

31 日，奥运会男子 20 公里竞走赛在女子竞走前 3 天举行，比赛路线相同。

王魁又领着陈跃玲按时赶到。比赛一开始，他俩在公路外沿紧跟着参赛队伍跑。

一路上，他向陈跃玲逐个指点正在执法的 9 名裁判，详细地告诉她裁判的国籍，所处的位置和距离，各自的特点和掌握技术规则的尺度。

回来后，王魁又反复向陈跃玲交代比赛中应当注意哪些事情，从技术、战术、体力分配一直讲到拼搏精神。

还特别告诉她，真要是技不如人，金牌无望，也不能急躁，要把步幅和步频控制在训练的最高幅度之内，绝不能因技术变形而造成犯规。

最后，王教练说："要相信自己的实力，争不了金牌，你还可以争银牌、铜牌嘛！"

8月3日18时50分，决战时刻终于到来了。20个国家和地区的运动员齐集女子10公里竞走比赛的检录处。

烈日肆虐了一天，空气仍然闷热得令人难以忍受。这时，陈跃玲才把天天捂在身上的运动套装脱下来，顿时感到凉爽了许多。她扭动身躯，充分活动每一个关节。

巴塞罗那时间19时50分，发令枪声响起，起点线上，44名选手奔涌而出。

1公里，2公里……40多人挤成一团，谁也不肯抢先一步，谁也不愿落后半分。

陈跃玲和她的两名伙伴沉住了气，不紧不慢地扎在人堆里走。

5公里，6公里，半程已过。前面10多名选手速度加快，形成了第一集团，逐渐和后面的拉开了距离。

到7公里时，独联体的两名选手一下冲出集团，处于领先位置。陈跃玲紧紧跟上，死死地咬住不放。

前面就是坡道了。陈跃玲边走边向路旁的人群中寻找着。果然，她看见自己的教练正站在事先约定好的位置。

这时，王魁把高高举起的右臂向前一挥。她知道，这是要她加速超过去！

长时间的坡度训练，使她的双腿强劲有力。她憋足了劲，发挥上坡的技术优势，在8公里处超越了走在最前面的独联体运动员。

与此同时，中国队员李春秀也跟了上来。

在她的前头，再也没有其他选手的身影，只有那迎面而来的向左弯曲上升的大道，以及瞪眼盯着她的站在道旁的裁判员。

突然，一个裁判员不知从哪里钻了出来，向她亮出一张白卡。她知道，这预示着什么，她必须小心了。

但是，今天的陈跃玲心理已经成熟了。她的技术已经差不多到了炉火纯青的地步。她已经懂得怎样解脱这心有余悸的刹那，不再有心惊肉跳之感，心中很快归于平静。她一面保持较高的速度，一面注意自己的技术动作。

现在，她好像是在向两旁的观众和裁判人员做技术动作示范表演。每跨出一步，都那么标准规范，那么准确无误。到9公里处，她已经把后面的选手落下了好大一截。

然而，竞赛场上，风云难测，瞬息万变。快进体育场的一段下坡路时，公路两旁呼叫声和掌声骤起。

陈跃玲一回头，猛见一个身穿绿色运动衣的金发选手正飞快地追上来。那就是最有实力的独联体的伊万诺娃·阿琳娜。

她熟悉这个去年在东京世界田径锦标赛上，曾以43分多的成绩获得冠军的强敌。那时，陈跃玲不仅同她同场较量，还专门观察过她的训练。

这个世界著名竞走女将追着汽车进行高速行走训练。当时，王魁就指着此人对她说："这就是你将来的对手！"

陈跃玲看她追上来，又不敢过多回头，怕影响自己的速度。不一会儿，陈跃玲凭经验已经知道她紧贴在自己身后了。

这时，陈跃玲首先冲进体育场。

6万多名观众哗啦一声站了起来，所有的视线一下转向了陈跃玲。

就在进场的一瞬间，伊万诺娃一阵风似的从陈跃玲身旁超了过去。

前面只剩400多米了。陈跃玲心急如焚，竭尽全力提高速度，抢了上去，和伊万诺娃并肩争夺。

"拼了！死活也要夺这块金牌！"她豁出去了！

伊万诺娃却快得惊人，又超到她前面，拉开了好几步距离。

对此，陈跃玲突然冷静了下来，心想："不能再和她拼了，速度超出我的技术范围，肯定要被罚。宁肯拿不到金牌，也不能被罚掉。"

一个心理素质成熟的运动员的可贵之处，就在于关键时刻能够牢牢掌握自己，有超人的自控能力去摆脱对手的支配。如果此时她头脑发热，盲目死拼，岂止是金牌，什么也没有了。

此时，毕竟是参加这样重大的比赛，她极难控制万分紧张的情绪和超常的精神压力。加之她和伊万诺娃拼了将近两公里的速度，这时的体力已经消耗得太大了。

她的右腿更加麻木、疼痛，精神也恍惚起来，两条腿也不听使唤了。她一边叨念着："一定要挺住，一定要挺住。"还是两次把脚拐进弯道边缘的场内，差点被罚。向终点冲刺时，又稀里糊涂地拐上了跑道外面。

最后，她只比另外一名独联体选手尼柯娜耶娃快 1 秒钟，以 44 分 32 秒第二个冲过终点。

她精疲力竭、无精打采地离开了跑道，眼看着伊万诺娃和教练紧紧拥抱在一起，接着又挥舞着一面旗帜满场奔跑。

陈跃玲心里不是滋味。金牌没拿到，她脑子里一片空白。此时，她的嗓子眼快冒出火来了。她拿起两瓶矿泉水，灌了下去。

10 分钟后，她正在穿衣服准备离开。突然，楼大鹏兴高采烈地跑过来告诉她："独联体运动员被罚掉了，你得了冠军了！"

陈跃玲一时不敢相信他说的话，一直等到赛场电视屏幕公布成绩，她才松了一口气。

后来，陈跃玲说："当我听见伊万诺娃被罚掉时，心里难受极了。我尝过红卡的滋味。她可能已经知道这个结局，不知她有多么痛苦。我太为她惋惜了。"

其实，不要说行家里手，就是稍知竞走运动的人，从当时电视转播中都看得明白，当伊万诺娃追赶和超越陈跃玲时，那已是明显的严重犯规动作了。

等陈跃玲做完兴奋剂检查出来，已经是半夜了。王魁迎面走来，紧紧握住她的手，一句话也说不出来。

除陈跃玲外，李春秀获得铜牌，崔英姿也取得了第五名的好成绩。她们为中国田径运动在世界田坛又争得一席之地。

两天之后，蒙锥克山奥林匹克体育场上，6万多名来自世界各地的观众从座席上站立起来，目送两面五星红旗徐徐升起，听着中华人民共和国国歌奏响。

此时此刻，站在最高领奖台上的陈跃玲，眼中晶莹的泪花已经滚滚而下。

邓亚萍与乔红获女双冠军

巴塞罗那时间 1992 年 7 月 21 日，中国乒乓球队出现在巴塞罗那的乒乓球训练馆。

第二天，朝鲜队和韩国队也来了，在巴塞罗那的乒乓球训练馆里，气氛异常紧张。

一边是我国队员邓亚萍、乔红、陈子荷、高军；一边是朝鲜队员李粉姬、俞顺福；一边是韩国的队员玄静和、洪次玉。激战将主要在她们之间进行。

中国的几位教练指挥着我国队员进行训练。张燮林觉察到邓亚萍紧张，其他 3 个队员也非常紧张。

回到驻地后，张燮林便给她们分析了比赛的形势，向她们剖析了对手的弱点。

他说，上届汉城奥运会，朝鲜方面没有参加，这次是该队第一次参战。梦想积蓄多年，压力很大。而且朝鲜军团中，大概只有李粉姬和俞顺福有望夺得乒乓金牌，担子超重，势必产生心理和精神上的脆弱性。再说韩国，已经将乒乓球赛的两枚金牌列入名下，尤其是玄静和、洪次玉的双打。也就是说，她们已经背了冠军的包袱，肯定束缚手脚。

接着，张燮林又诱导说："你们紧张，我看她们比你们更紧张！我们中国队的技术是世界第一流的，关键是临场发挥。我不担心技术，只担心思想，思想领导技术。"

奥运大战打响了，乒乓球比赛开始得比较晚。乒乓球在比赛项目中一共有 4 枚金牌，中国队内定，这次不能少于两枚金牌，也就是说，不能比上次汉城奥运会差。

男单不行，只有男双存一线希望，因此夺金的任务主要靠女队。乒乓球女单比赛，也就是邓亚萍这块金牌，是必须得到的。而女双则只有一拼，能否拿到金牌很难预料。

面对这一局面，邓亚萍很明白自己处于什么位置。

双打是小组循环制，16 对选手分为 4 组，每组第一名出线。中国队出战的是两对选手，邓亚萍和乔红，陈子荷和高军。

小组最后一场，邓亚萍和乔红遇上了一对罗马尼亚选手。此时，只要输一场，她们将被淘汰出局，而罗马尼亚只有 2 比 0 胜中国队，才能出线。

因此，罗马尼亚一上场就打得极凶，完全是拼命的状态。选手们都不想碰上这种局面，中国选手也不例外。

第一局，邓亚萍和乔红输了 6 分。

第二局，罗马尼亚选手仍然一路领先。但她们毕竟面对着更有实力的中国队，最终邓亚萍、乔红以 3 分优势获得胜利。

第三局，对方一看没有希望，也就放任自流了，拼搏的劲头也就下去了。

场上有 8 对选手在比赛。最先结束比赛的，是陈子荷、高军。等比赛都结束后，4 个人一碰面，乔红就说："没想到小组赛还刺激了一下！"

邓亚萍对高军说："小组赛都这么难打，以后可怎么办？"这是她没料到的。

然后是抽签。已经是下半夜了，邓亚萍和 3 个队友还睡不着，心绪翻滚着，等着看抽签结果。

她们住在一个大套间里。张燮林和翻译回来了，以为她们已经睡下，便说："别打扰她们，明天再说。"

3 个队员听到有人回来的声音，便立即冲出房间，邓亚萍则躺在床上没动。3 个队员拦住翻译询问抽签的结果。

翻译把结果告诉她们后，回到屋内便对张燮林说："她们没睡，正在讨论对策。"

张燮林说："很好！"

比赛在第二天晚上进行。对手是一对荷兰选手，其中一位获得过欧洲单打冠军。邓亚萍和乔红曾经赢过她们，但赢得并不轻松。

在这一次比赛中，邓亚萍和乔红以 3 比 1 获得胜利，两个人又闯过一关。

接下来则是半决赛，这是真正要拼全力的比赛，邓亚萍和乔红对玄静和、洪次玉。

在半决赛开始前进行的训练中，强度很大，两个人累得不轻。

邓亚萍对乔红说："场下累点没关系，只要赢球就高兴。"

对于这次半决赛，她们作了周密安排，并设想了种种最坏的结果。第一局输，技术和战术发挥不出来，一直被动落后；她们甚至想到以0比2先失两局。

乔红说："不要想得太舒服。"

邓亚萍说："但最后一定要翻过来。"

此时，她们已经把铜牌稳拿手中。但是，她们现在已经不能满足于第三名了。

玄静和、洪次玉是名手，多次获得世界冠军，而且多次战胜邓亚萍和乔红。前几年彼此对抗4次，邓亚萍和乔红仅仅胜过她们1次。在北京亚运会上，玄静和、洪次玉就两次战胜过邓亚萍和乔红。

乔红说，她不怕玄静和、洪次玉，但她腻味朝鲜的李粉姬、俞顺福。

陈子荷、高军则不愿意碰到玄静和、洪次玉。

邓亚萍对乔红说："既然打到这儿了，就别想那么多，只有一条路，拼!"

"拼吧!"乔红也说。

8月1日，出人预料的是，在比赛中，她们一交手，邓亚萍就感到对手打得太软，而以往她们是压着自己打的。显然，她们紧张了。

邓亚萍和乔红领先，但随之也心慌起来。由于对手的球短而软，她们反而放不开，感觉球打得极为怪异。

在第一局比赛结束后，邓亚萍和乔红竟然输了。

这天晚上，韩国乒协主席前来赛场督战，这无形中使玄静和、洪次玉压力加重了。

第二局，邓亚萍和乔红占压倒性优势，打得比较稳，结果以 4 分之差胜于对手。

"她们怎么这么软？可能太急了。"这一局比赛后，乔红叹道。

在随后的第三局里，邓亚萍和乔红又是最后以 4 分之差，赢得这一局的比赛。

对手很能捞分，邓亚萍和乔红已经做好了被她们逆转的准备。她们在赛前已经下定决心："领先再多也不能松 1 分，先到 21 分再说！"

此时在场上，两个人相互叫着："扣紧比分！"而邓亚萍则打疯了，不时地叫道："漂亮，太漂亮了！"

最终，中国以 3 比 1 的比分，赢得了这场半决赛！

另一场半决赛，陈子荷、高军也早早就结束了战斗，胜利之余，在一边给队友助威。

赛后，几个人兴奋地说："咱们提前会师'井冈山'了！"

邓亚萍则感到非常舒心，这块金牌是中国队的囊中物了。

中国代表队回到奥运村驻地后，袁伟民也高兴地说："这块金牌，已经储存到咱们的金库里了。"

前几天，当韩国男双选手战胜中国队马文革、于沈潼时，韩国乒协秘书长向李富荣戏言说："非常对不起。"他们是老相识了。

这次，当邓亚萍和乔红打掉韩国一枚金牌后，李富荣就回敬了他们一句："今天非常非常对不起！"

8月3日，第二十五届巴塞罗那女子乒乓球双打决赛开始了，这一块金牌在中国队两组队员中展开争夺。

在一番激烈的拼杀之后，邓亚萍和乔红战胜队友陈子荷和高军，最终登上奥运会的领奖台。

这是中国队第一次获得这枚金牌，这其中包含了教练员和队员的无数血汗。

奋战奥运

跳水小将伏明霞夺冠

巴塞罗那时间1992年7月27日，巴塞罗那奥运会跳水赛开战。

跳水比赛的第一项是女子10米跳台。参加这次比赛的世界名将有：俄罗斯的米罗申娜、美国的克拉克和温迪。

我国参加这项比赛的则是一个只有14岁的选手伏明霞，她还是一个后脑扎着一根独辫的小女孩。

对于每一次跳水，伏明霞都自顾自地跳好每个动作，对他人的得分不闻不看。结果，她以领先第二名30分之多的优势结束了当天的预赛。

7月28日下午，在巴塞罗那奥运会女子10米台决赛中，伏明霞在前半程的规定动作中没有显示出领先的优势，但自选动作开始后，她在完成高难动作的表演后，征服了所有的裁判和对手，尤其是伏明霞如美人鱼般入水的动作，更令所有的人大为叫绝。

因此，伏明霞以相当大的比分优势，获得了她的第一枚奥运金牌。

其实，早在1991年，伏明霞在珀斯世界游泳锦标赛上，就与许多有实力的选手交过手。

那时，年近30岁的老将克拉克对伏明霞的出现恼怒至极，她向组委会和国际泳联提出强烈抗议："你们怎么能让一个儿童来这里，让她与我们比赛，这不是对我们的蔑视就是对儿童身心的摧残。这是世界最高级别的大赛，儿童怎么承受得了体力上和精神上的残酷压力？中国的伏应当待在小学里享受父母和老师的呵护，赶紧让她回去，否则将只能由她的教练们抬回去。"

伏明霞听说后，有些不大懂克拉克的恼怒，只是觉得很好玩。因为她根本就没有什么压力感，比赛比训练要轻松得多。

预赛中，克拉克被伏明霞在 10 米台上如小燕子一样的轻松翱翔惊呆了，她失口大叫："哦，她真是个天才、是个精灵！"

第一次参加世界大赛的伏明霞在预赛中输给队友许艳梅 20 余分而名列第二。她一点都不着急，在她眼中，那些大姐姐都是"神"，赢她多少分都是理所当然的事情。

决赛中，伏明霞自己也弄不清楚怎么就甩开了所有的对手，也甩开了队中的大姐许艳梅，领先第二名米罗申娜 20 多分而获得金牌！

这时，14 岁的伏明霞成为世界上年龄最小的世界冠军，被载入吉尼斯纪录，就好像伏明霞是为跳水而生、为跳水而长一般。

而现在，在伏明霞取得了奥运会的冠军后，她又上了《时代》的封面，这本杂志是美国乃至世界三大新闻周刊之最。

　　这个被公认为极富影响力的刊物，很少把什么人选上封面。

　　可以说，在巴塞罗那，伏明霞用八道完美的轨迹，瞬间震惊了世界。

　　后来，有不少记者问伏明霞对此作何感想，可伏明霞的教练于芬却说："这都是有目共睹的。"

高敏获得跳水金牌

巴塞罗那时间 1992 年 7 月，中国跳水队来到了巴塞罗那。

对于奥运村美丽的风景，高敏无心浏览。高敏想，这次奥运会是自己跳水生涯中的最后一次机会，不能轻易放弃。

比赛前几天，高敏不像平时那样跟人开玩笑了；看见诱人的冰激凌，也不吃了。

徐益明教练让她多吃牛肉，牛肉蛋白含量高，不易增体重。于是每到食堂，她就端起大盘，虽然不喜欢这味道，还是大块大块往嘴里送，慢慢地嚼烂咽下去。

高敏开始上 3 米板练成套动作。一个空中翻腾两周半，她把扔在水里的毛巾看得清清楚楚。她双手一并，朝着毛巾漂着的位置扎下去，"刷"的一声，效果好极了。

高敏往日训练中的良好感觉又回来了。她的脸上开始露出了笑容。

但 8 月 1 日预赛的成绩并不理想，高敏只列第三。

这时，许多人都为高敏捏着把汗。代表团和跳水队的领导知道高敏压力大，对高敏做开了工作。

徐益明则对高敏说："要放开跳，伏明霞已经拿了一块金牌，我们已经完成任务啦，你还有什么可担心的呢？"

8月3日，队医汪大夫给带伤的高敏打了封闭针，然后拍了拍她的肩膀说："就看你的了。"

高敏上场了。

头两个动作有点紧张，高敏跳得不太理想。这时徐益明提醒高敏说："你看拉什科的脸都拉长了，以前的轻巧也看不见了，她比你还紧张呢！"

高敏想了想，也是，何必考虑那么多呢！只要保持正常发挥，一般人是没有那么强的意志力和自己拼到底的。

果然，拉什科最后顶不住，第七个动作出现了失误。

而高敏却越跳越好，最后她一看记分牌，领先拉什科达58分之多。这时，高敏才长长嘘了一口气，那颗悬着的心放了下来。

高敏终于舒心地笑了。她的双眼笑得眯成了一条缝。在奥运会跳水馆里，高敏在热烈的掌声中，捡起扔在池边的毛巾擦了擦身上的水珠。

庄泳获得游泳金牌

巴塞罗那时间 1992 年 7 月 26 日 18 时 03 分，在巴塞罗那的蒙锥克山贝纳特·比科内尔游泳池，庄泳站在奥运游泳场第二泳道出发台上，等待最后的冲击。

庄泳身高 1.72 米，体重 70 公斤，看上去几乎就是为游泳而生的。

庄泳在上午的预赛排名中位列第五，但她并不因为这个成绩而影响到自己的情绪，此时她显得非常镇定，没有因为即将到来的比赛而感到紧张。

和庄泳在预赛时以 54 秒 69 刷新了 54 秒 79 的奥运会纪录的汤普森，此时正站在第四泳道的出发台上。

随着一声枪响，选手们同时从出发台上跃出，碧波中划出了八道白线。

人们的注意力都集中在第四泳道上，都想看到汤普森再创佳绩。

只有中国人紧张地注视着我们自己的选手，只见庄泳在第二泳道内以极快的速度向前游动着。

在游到半程时，庄泳领先汤普森 0.08 秒第一个转身，优势极其微弱，这时她们两个人几乎是齐头并进冲向终点。紧接着，触壁，人们几乎分辨不清谁先谁后。

不一会儿，大屏幕终于显示出：

第一名，庄泳，54 秒 64，新奥运会纪录。

庄泳赢了！美国人独占泳坛的神话破灭了！庄泳终于使几代人几十年的梦想变成了现实。她在中国游泳史册上写下了辉煌的篇章。

赛后，外界认为庄泳预赛时仅排在第五是一个策略。

对此，庄泳则坦诚地说："其实不然，预赛游得是不太好。"

这就如同 50 米自由泳决赛时庄泳抢跳，外界也认为是种策略，她也回答得挺实在，她说："热身太久，感到热了，下去凉快一下。"

庄泳总是出乎意料地给人惊喜。其实，这一切都归功于庄泳具有稳定的心理素质和高超的实力水平，这是取得胜利的根本保证。

巴塞罗那时间 1992 年 7 月 26 日 18 时 10 分，20 岁的中国姑娘庄泳登上了第二十五届巴塞罗那奥运会最高领奖台。

在刚刚结束的女子 100 米自由泳决赛中，她冲出了欧美众女豪的重重包围，以 54 秒 64 的成绩率先触到池壁，摘取了游泳大战的第一顶桂冠，并打破了奥运会纪录。

此时，庄泳面带微笑地站在领奖台上，接受了国际奥委会和国际泳联代表颁发的金牌和鲜花。她不时扬起双臂回应着观众给予的欢呼声。

她的内心充满了自豪和满足。因为她的金牌不仅是本届奥运会中国代表团所获得的首枚，而且是中国游泳队历史上的第一块奥运会金牌。历史在她的手中翻开了新的一页。

当鲜艳的五星红旗在巴塞罗那的贝纳特·比科内尔游泳池上空冉冉升起，庄严的《义勇军进行曲》响彻赛场之时，微笑却在她的脸上凝固了，泪水也渐渐浸湿了她的眼睛。庄泳激动了，内心深处的情感迸发出来。

庄泳后来回忆当时的情景说：

当时，看到自己战胜了世界纪录保持者美国的汤普森，就开心地想笑；可是一想到苦练了多少个春秋，吃了多少苦，流了多少泪，才换来了这一天，忍不住就想哭。

在领奖仪式结束后，走下领奖台的庄泳才扑到教练的怀里，任凭眼泪痛痛快快地流淌下来……

钱红在蝶泳中勇夺金牌

巴塞罗那时间 1992 年 7 月 29 日，在巴塞罗那的蒙锥克山贝纳特·比科内尔游泳池，钱红站在出发台上，等待着最后的决赛。

在此前，钱红为尽快适应环境，提前 10 来天到了巴塞罗那。

她属于比赛型选手，越到比赛就越能发挥，能把平时最好的状态发挥出来。

果然，来到训练馆后，看到训练馆里繁忙的训练景象，钱红的情绪一下子就高涨起来。

在训练馆中，钱红在寻找一个人。这个人就是阿曼·莱顿，她在今年 3 月份美国奥运选拔赛上游出了 58 分 61 秒的好成绩，无疑是钱红最强有力的对手。

终于，阿曼·莱顿的身影出现了。莱顿那股凶劲、拼劲，以及她那出色的技术，使钱红立刻意识到自己夺冠道路一定不会很顺利。

钱红暗暗提醒自己："绝不能轻敌！"

对于钱红的训练，陈运鹏和冯晓东两位教练根据她的身体情况，从实际出发，并不苛求强度和数量，而是认真抓住了几次高质量的水上训练课。

几天下来，钱红觉得自己体力越来越充沛，感到自己浑身上下形成一种从未有过的协调。

为了保证赛前能有较好的体力，钱红强迫自己多吃一点，尽管西餐并不合自己的口味。

到了夜里，困了，她就早睡，睡不着就看看随身携带的书，或者闭上眼睛，脑子里走马灯似的回忆从出发—入水—到边—返身—冲刺等整个比赛的技术环节，并想象比赛中随时可能发生的任何情况。

钱红在做最后的准备，她不想忽略任何一个细节。

在预赛那天，出乎钱红预料的是，她居然很轻松地把同组的阿曼·莱顿甩在了身后。

按照惯例，美国人往往预赛时就十分拼命，没想到阿曼·莱顿如此地放松，倒是中国队员王晓红的成绩在预赛中排到了第一。

对于这种情况，冯教练并没有盲目乐观。

针对钱红后 25 米冲刺能力强的特点，冯教练对钱红说："前 50 米不要让别人落下太多，后 25 米发力冲，即便领先了也得尽全力冲，不触边不罢休。眼睛盯着前方，不要管别人怎样。"

"砰！"发令枪响，决赛开始了。

通常情况下，钱红的起跳都要甩下别人一截。但这次不知为什么，起跳时蹬不动，钱红觉得自己像是掉下去似的，还被别人甩下了一截。好在钱红拼得凶，游到边缘转身后，也没怎么落后。

到了最关键时刻，当钱红游到最后的 25 米时，她改用三下划水换气代替两下划水换气，加快游动的频率。

这时，钱红从余光中隐隐约约觉得自己已领先第四道的王晓红和第六道的法国选手，但是竟然看不到阿曼·莱顿。

钱红不敢怠慢，拼尽全力向前游去。胳膊有些僵硬，几乎抬不起来，但脑子里始终绷着一根弦。

钱红在心里说道："阿曼·莱顿，我跟你拼了！"

触边后，钱红不敢相信自己能够拿冠军。当她看到自己排名列在第一位时，脑子里突然间变得一片空白，心里虽然高兴，但怎么也乐不出来。

此后，在钱红准备领奖的时候，她竭力想睁大眼睛，想仔细地看看，看看眼前的一切。然而，阳光却刺得她眼冒金星。此刻的阳光、旗杆、领奖台正好成了三点一线。

当她走向领奖台时，脑子里依旧是一团乱麻，理不出头绪。

这时，在看台上为她拍摄技术录像的冯教练激动地挤到了她跟前，紧紧抓住钱红的手，不断地重复着说道："谢谢你，钱红！谢谢你！"

钱红听后，就觉得自己的眼睛有点湿，视线有点模糊……

只有钱红明白，在冯教练这短短的一句话里，蕴涵着什么！

这时，在钱红的脑子里，往日的酸甜苦辣就像过电影似的，一幕幕挤进了她的脑海……泪水湿润了她的眼睛。

她赶紧抿了抿干燥的嘴唇，下意识地将了捋湿漉漉的短发，心里想："值了！"

后来，在新闻发布会上，有记者问美国选手阿曼·莱顿如何看待这一结果。

阿曼·莱顿平静地对记者说："我对夺取这个金牌确实抱着很大的希望。为此，预赛时我曾有意保存了实力。但是，我今天确实输了。我现在有许多话说不出来。"

看得出，这位美国选手虽然为自己没能取胜而叹惜，但仍不失其大将风度。

后来，面对以往的胜利，钱红说："现在，对于我来说，巴塞罗那已成为过去。我不会满足于已经取得的成绩。对于像我这样一个浑身伤病的老运动员来说，要谈今后的打算，还并不具体。我只想先彻底地放松一下，把身体和精神都好好地调整一下，然后，再作进一步的打算。"

钱红又说："如果身体及各方面条件允许的话，我也许会干到第七届全运会，也许会干到亚特兰大奥运会。"

林莉获 200 米个人混合泳冠军

巴塞罗那时间 7 月 26 日，举世瞩目的第二十五届巴塞罗那奥运会展开了全面激战，在蒙锥克山贝纳特·比科内尔游泳池，400 米个人混合泳决赛的枪声打响了。

在这场比赛中，我国选手林莉以 0.19 秒的微弱差距，输给了匈牙利的艾盖尔塞吉。

尽管林莉拿到了 1 枚得之不易的银牌，并把自己的最好成绩提高了 3 秒多，但开赛第一天没能为中国体育代表团争得金牌，林莉心中还是有些遗憾。

其实，早在林莉来到巴塞罗那，就在迎接各种各样的挑战。她面临的第一个对手是酷热无比的天气。

巴塞罗那的骄阳直射地面，21 时太阳还高挂在天际，街头自动计温器显示的最高温度达 53 摄氏度，无遮无挡的露天游泳场热浪滚滚。

不便的交通也给林莉带来许多烦恼，游泳决赛多半是 18 时开始，16 时就得动身，迟了赶不上班车。而上了班车没座位更是家常便饭，林莉经常只能席地而坐，与美国、匈牙利等国运动员租用专车接送相比，乃天壤之别。

面对重重困难的考验，林莉夺冠的热情反而更加强烈了。就是在这样的情况下，林莉依然能够保持着自己的最好成绩，可谓不易。

巴塞罗那时间 7 月 27 日，200 米蛙泳决赛的枪声在游泳池打响了。

在比赛中，林莉紧紧咬住今年 4 月刚刚创造了该项目世界纪录的美国选手诺尔。

林莉一路拼搏，终于在终点前超过了她。

在自己的副项上意外地夺得 1 枚银牌，林莉觉得弥补了一点遗憾，增强了自己必胜的信心。

在赛后举行的新闻发布会上，林莉说：

我相信还有获金牌的机会。

她甚至发誓要尝一尝奥运金牌的滋味。

7 月 30 日 18 时，200 米混合泳决赛就要开始了，张雄拿出经他反复研究成熟了的"2 分 11 秒 68"的分段速度计划表，让林莉大胆地向世界纪录发起冲击。

7 月 30 日 18 时 30 分，林莉镇定地登上了 200 米混合泳决赛的出发台。

女子 200 米个人混合泳的世界纪录 1966 年的 2 分 27 秒 8，1974 年东德人将其改写为 2 分 18 秒 9。1981 年 7 月 1 日，东德选手格韦尼格尔在柏林创造了 2 分 11 秒 73 的女子世界纪录。

此后，包括东德训练的第三代选手、汉城奥运会该项目金牌得主洪格尔等人，都曾经向这个纪录发起过冲击，但都以失败而告终，美国人据此发出了这是"下个世界目标"的论断。

现在，经过11年艰苦奋斗的中国选手林莉，也勇敢地加入了挑战者的行列。

随着发令枪声的响起，林莉纵身跃入碧色的游泳池中，出发动作比桑德斯领先约20厘米。

在第一个50米转身时，林莉处在第二位；到了100米转身处，她以1分02秒02领先于桑德斯。

林莉和这位老对手同池较量不止一次了。珀斯一战，桑德斯400米混合泳输给林莉以后，来了一句"因为我的失误，林才拿了冠军"，把林莉深深激怒了。200米混合泳再次赢了她，她才不得不认输。

这次，桑德斯是以世界最好成绩的身份，冲着世界纪录与金牌而来的。

比赛场上的气氛异常紧张，张雄在看台上拍录像的手一直抖动个不停，录下来的画面因跳荡而模糊不清。

当她们游到第三个50米时，桑德斯在她的弱项蛙泳上冲了起来，赶到了林莉的前面。

此刻，林莉也更加奋力挥动着手臂，每一次划水她都用着全力。

到了最后50米转身处，林莉使出了针对桑德斯特点而专门练习的一手"绝活"，即大力度转身伴以加速打腿冲刺，犹如海豚一般猛地蹿出，一下子又把桑德斯甩在了身后。

桑德斯也不甘落后，奋力挥臂，在离终点30米时又追了上来，和林莉齐头并进。

此时，看台上的美国观众发疯似的给桑德斯加油。

10米、5米，终点就在前面，林莉用足最后一股劲奋力一扑，以先于桑德斯0.26秒的优势首先触到计时板，电动记时牌上不停闪动的黄色数字陡然停住：

2分11秒65

成功了！林莉成功了！

看台上掀起了狂潮：挥动旗帜的、大喊大叫的……不同种族、不同信仰、不同肤色的人们用各自不同的方式，尽情地表达他们对这位中国姑娘的祝贺。

而这时，林莉在水中抬头向计时牌望去，久久、久久地望着，任激动的泪水和着满头的汗水尽情地流淌……

此时是北京时间1992年7月31日零时33分。在刚刚结束的女子200米个人混合泳比赛中，22岁的江苏选手林莉以2分11秒65的成绩夺得该项目冠军，并且打破了2分11秒73的世界纪录！

林莉在夺得银牌之后，又夺得了一枚宝贵的金牌。

这是中国运动员在奥运会上第一次突破世界纪录，宣告了中国在奥运游泳史上一个新时代的诞生。

雄壮激昂的《义勇军进行曲》在蒙锥克山上空回荡

着，五星红旗在白色的旗杆上冉冉升起，11 亿颗中国人民的心也随之沸腾。

林莉站立在游泳池畔领奖台的最高处，胸前的奥林匹克金牌闪闪发光。

11 岁开始碧池戏水的生涯，经过 11 载苦苦追求的奋斗，终于打破了保持 11 年之久的世界纪录，林莉把东海的龙门竖立在了地中海上。

11 年来，林莉在这条以加速度延伸的曲线上，记载了一名运动员所能取得的最大成功和最高荣誉：全国冠军、亚运会冠军、世界锦标赛冠军、奥运会冠军、世界纪录创造者；全国十佳运动员、国家体育运动荣誉奖章获得者、全国十大杰出青年……

而现在，林莉创造出了一个更不寻常的辉煌。

王义夫气手枪射击夺冠

巴塞罗那时间 1992 年 7 月 26 日，在巴塞罗那体育馆，王义夫在男子手枪慢射中夺得了银牌。

但王义夫对此并不满意，他要的是金牌，中国射击队要的是金牌。

7 月 28 日，王义夫再次出战男子气手枪，成败在此一赛。

比赛开始，出师不利，第一组 10 发子弹，王义夫只打了 95 环。这么打下去，别说拿冠军，前 8 名的决赛资格恐怕都悬。

这时，教练张恒提醒王义夫说："今年 2 月，在加拿大的气手枪锦标赛上，你第一组也是 95 环，最后打了590 环的高成绩，拿了第一。"教练是怕他沉不住气。

王义夫听后，点了点头。

在接下来的第二组、第三组比赛中，王义夫发挥正常，各打了 97 环。

在比赛的间隙，他的妻子张秋萍也来鼓劲说："现在，就看你能不能战胜你自己了。"

最终，王义夫以 585 环的成绩，排名资格赛第二，闯进了决赛圈。

此后，在决赛时，许海峰轻声地对王义夫说："老二的位置最好打。"

简单一句话，王义夫深感老朋友的关心和勉励，这是要他不要紧张，让他情绪稳定。

王义夫决赛中的对手，是罗马尼亚的巴比。资格赛中巴比的成绩是 586 环，领先王义夫 1 环。巴比是 1988 年汉城奥运会男子射击金牌得主。

射击比赛的决赛，是扣人心弦的。每发子弹射击前，裁判员进行 5、4、3、2、1 的倒计数，发令"放"之后，限时 75 秒内必须射出子弹。打完枪后，便立即在成绩显示屏上公布环数，并重新排列前 8 名的次序。

这一切，不仅对场上的选手，甚至对观众，都是一种强刺激。

中国体育代表团副团长袁伟民看过决赛后，对自己的心情有过精彩的描述。他说："这是谁发明的决赛？这哪儿是打靶呀，这简直就是打心脏！"

决赛开始，王义夫与巴比的争夺进入白热化。前 3 枪打定，王义夫追上了 0.3 环。又 3 枪打完，巴比把差距拉大到 1.7 环。再打 3 枪，王义夫比巴比只落后 0.1 环。

最后一枪了，气氛紧张到极点。裁判员发令后，王义夫、巴比同时举起了枪。

眼看领先的优势已没了，巴比的心理压力无疑是难以忍受的，他没能熬住关键时刻的痛苦，抢先响了枪，只打了 8.9 环。

王义夫的位置比较好，他站在巴比的右侧，可以清楚地看到巴比靶位前的小荧光屏，那里显示着巴比的弹着点。

巴比枪一响，王义夫便收回了举起的枪，扫了一眼，看到巴比不到 9 环。

考验是严峻的，这种时候最难打。对手没打好，自己一放松，或者一兴奋一紧张，可能会出现比对手环数还要低的分数。

王义夫想，自己一定要顶住！他控制住了自己，果断地、稳稳地举起了枪，全神贯注于射击动作要领上，按照与教练赛前商定的方案，在感觉良好的情况下击发。不去苛求 10 环，只要打出正确动作，以平时的水平，打到 9.6 环以上是没有问题的。

枪响了，王义夫不用看自己靶位上的荧光屏，他就知道，他赢了。王义夫的最后一发是 9.7 环，总成绩比巴比高出 0.7 环。

随后，王义夫站在了最高领奖台上，这是他曾经向往的奥运会冠军，他认为这是一个运动员的顶峰。现在，他登上了他心中的顶峰，又觉得还有攀不完的高峰。

王义夫想，这里，只是自己一个更高的起点。

庄晓岩获女子柔道金牌

巴塞罗那时间 1992 年 7 月 27 日 11 时，庄晓岩在领队郭仲恭，教练刘玉琪、孟昭瑞等人的簇拥下走出奥运村的住处，准备去吃午饭。没想到，他们在路口的拐弯处遇到了代表团副团长徐寅生。

再过几小时，首次被列为奥运会正式比赛项目的女子柔道比赛就要拉开战幕，而庄晓岩则是中国队的主力队员。

"晓岩，我请你吃饭怎么样？"徐寅生微笑着说。

"我哪儿敢劳你的大驾啊！"庄晓岩略带调侃地说。她与徐寅生很熟，平时训练徐寅生常去看他们，因此非常随便。

"嗨，你别这样好不好？走！"徐寅生说完，庄晓岩等人便随之乘上汽车，向餐厅开去。

其实，这哪里是什么"巧遇"！早在 25 日开幕式后，中国代表团的领导们连夜召开会议，分析情况，布置工作。

大家对庄晓岩夺金寄予很大的期望，然而又担心她心理负担过重，影响发挥。

徐寅生说："我去做工作。"

徐寅生要亲自出马，他明白做工作要讲策略，大赛在即，倘若直截了当地找运动员说教，那绝对会加重她的心理负担，给她带来心理压力。于是，他就和领队郭仲恭策划了这次"巧遇"。

来到餐厅，落座后，徐寅生微笑着说道："晓岩，你体重轻，多加几块牛排。"

庄晓岩身高约 1.74 米，体重约 98 公斤，在 72 公斤以上级运动员中她确属轻的。

徐寅生的意思好像多吃几块牛排就能增加体重、增加力量似的。庄晓岩理解徐寅生略带玩笑话中的意思，便吃起了牛排。

"来，晓岩，咱俩合个影。"徐寅生又安排了一个轻松的小插曲。

饭吃得差不多了，徐寅生言归正题："晓岩，你放开比，不要背包袱，把你的老虎劲拿出来，把你的水平发挥出来，就是输了也没关系。"徐寅生在为庄晓岩卸包袱，不让她有心理压力，鼓励她要轻松上阵。

庄晓岩听后，点点头，紧张的心情得到了一些缓解。

还差 50 分钟比赛就要开始了。于是，他们来到体育馆。徐寅生和郭仲恭走上看台。

刘玉琪、孟昭瑞两位教练和队友张颖陪着庄晓岩来到赛前的训练场地。张颖是世界亚军、北京亚运会冠军，和庄晓岩同属 72 公斤级以上。

这次奥运会规定每个级别每个国家或地区只能派一名运动员，中国早已确定庄晓岩出战。带张颖来的主要目的有两个：一是为了迷惑外国选手，叫他们不知到底是谁出场，难以进行有针对性的训练；二是为庄晓岩当陪练。

现在，比赛马上就要开始了，张颖陪庄晓岩做起了准备活动。不知是由于她那女性特有的反应在作祟还是其他原因，张颖总感到庄晓岩活动不开。

"庄姐，你使劲摔我呀，你摔啊！"张颖不断激励着庄晓岩。

大约10分钟过去了。孟昭瑞教练接替张颖进行陪练，为庄晓岩一个一个地理顺技术动作。

准备活动结束后，庄晓岩坐在垫子上喘息，若有所思地想着什么。

此时，主教练刘玉琪的神色中隐隐地露出几分担忧。这是由于庄晓岩虽具备征服世界女子柔坛的实力，但她毕竟是第一次参加奥运会的正式比赛，然而比赛中的变化莫测谁又能预测呢？更何况，柔道又是双方对手直接厮搏的重竞技项目，胜利的把握最多是50%。再加上柔道队和庄晓岩已向代表团立下军令状，誓拿金牌，心理上的压力是可想而知的。

刘玉琪又嘱咐道："晓岩，你实力摆在那里，我们的准备又十分充分，放开了去摔，注意战术安排，不要急躁，小分也是分，小分占优势也是胜利……"

庄晓岩听后，点了点头。

在劳格纳拉体育馆里，第一场的比赛马上就要开始了，庄晓岩抖擞精神上阵了。

庄晓岩第一场的对手是英国的里斯，此人身材高大，四肢特别长。

此时，只听庄晓岩"哈"的一声虎啸，拉开了阵势。对手里斯也毫不怯阵，她双目圆睁，与庄晓岩厮搏起来。

庄晓岩使用"背负投"，但却被里斯化解了，里斯抓住庄晓岩反击。双方你来我往，展开了一场角逐……

从实力上看，庄晓岩有绝对优势，但由于是整个女子柔道的第一场比赛，场上极度紧张的气氛她还没有适应，因而动作显得非常拘谨，而且缩手缩脚。

里斯却显得非常放松，不断地发起进攻。

比赛还差一分钟就要结束了，照此下去，最后由裁判"判定"，庄晓岩很可能会吃亏。这可急坏了在场外观战的刘玉琪、孟昭瑞，他们不停地向庄晓岩呼唤提示，队友们也拼命地呐喊助威。

比赛临近结束时，庄晓岩几经周折，终于以较小的得分获胜。她虽然胜利了，但赢得却非常艰难，叫人不得不为接下来的比赛担心。

庄晓岩回到休息室，默默地坐下。她感到赢得不痛快，有负众望，心情郁悒，脸色阴沉。

这时，郭仲恭和刘玉琪、孟昭瑞等人赶到休息室。

望着庄晓岩眉头紧锁的面孔，郭仲恭说："庄晓岩，她们根本赢不了你。沉住气，不要急躁，这块金牌一定是我们的！放开了打，你的虎威还没有露出来呢！"

第二场的比赛就要开始了，对手是东道国西班牙选手维切特。

此时，经过第一场比赛，庄晓岩身体已经活动开了，心理状态也调整了过来，只见她双目圆睁，威风凛凛地走上榻榻米。

尽管维切特在上万名本国观众的呐喊助威下，像一头鼓足了劲的雌狮，但仍然不是庄晓岩的对手，仅三两次交手，就被庄晓岩压在身下。

第二场比赛，庄晓岩以最高分获胜了。接着，她又以同样的比分战胜第三个对手，即匈牙利的格拉尼兹。

"晓岩，你是越打越轻松啊！"在场下，徐寅生、郭仲恭向庄晓岩祝贺、鼓励着。

"只要我放开了，不急躁，就可以逗她们玩会儿。"庄晓岩说得十分轻松。

第三场比赛结束后，庄晓岩躺在休息室的垫子上，静静地休息。

第四场比赛马上就要开始了，这是争夺决赛权的关键一场。庄晓岩虎气生生地上阵了。

她的对手是来自柔道王国日本的坂上洋子。她个子较矮，双腿短粗，但异常灵活。

坂上洋子自知硬拼不是庄晓岩的对手，所以一开始就和庄晓岩打起了"游击战"。

坂上洋子四处乱跑，不让庄晓岩抓住，抓住机会还向庄晓岩佯攻。她的想法是跑够4分钟，裁判就会判她胜利。倘若她的想法得逞，庄晓岩可就前功尽弃了。

还剩下一分钟的时间了。庄晓岩心想：必须速战速决！

这时，场边的刘玉琪、孟昭瑞几个教练和中国队的队员们心急如焚，他们拼命齐声向场内呼喊："晓岩，抱腿，抱腿！"

喊声震动庄晓岩的耳鼓，和她瞬间作出的决定一致。于是，只见庄晓岩瞅准机会，突然猛扑过去，抱住坂上洋子的双腿，将其掀翻，压在身下。30秒过去，庄晓岩取得了胜利！

决赛的这一场就要开始了，夜色越来越浓，瓦蓝色的天空上，无数颗闪亮的星星竞相闪烁。巴塞罗那已亮起万家灯火，街市上行人稀少。

在可容纳1.8万名观众的劳格纳拉体育馆里，人们呐喊着，气氛异常热烈。女子柔道72公斤以上级的金牌争夺战就要开始了。

庄晓岩的最后一个竞争对手是1990年世锦赛冠军、古巴名将罗德里格斯。罗德里格斯外号"黑铁塔"，她比庄晓岩高出10多厘米，体重重出30多公斤。

在比赛前，教练们曾帮助庄晓岩分析罗德里格斯的特点和优势，可说了一半，庄晓岩就听不下去了，她说："算了，别说她了，我了解她，根本不怕她！"

庄晓岩性格直爽豁达，敢说敢干，敢露锋芒。赴巴塞罗那之前，有人问她是否能拿到金牌，她说："你们放心，那块金牌早让我揣兜里了，谁也抢不走！"

庄晓岩不怵罗德里格斯，是因为在去年的世界锦标赛，就是在眼前这块场地上，她战胜罗德里格斯夺得了冠军。

庄晓岩对罗德里格斯的技术和性格颇为了解。她觉得罗德里格斯的心理素质差，没有一名优秀的柔道运动员应该具备的那种敢于压倒一切对手的气势，她胜利时兴奋不起来，失败时也不敢豁出去与对手死拼。

但是，这毕竟是去年的印象。时隔一年，她有什么变化，庄晓岩进行了试探。赛前量体重时，她双眼圆睁，用剑一般犀利的目光逼视罗德里格斯，可这位古巴选手却不敢抬起头来看看她的中国对手。

接着，庄晓岩又故意撞了她一下。明明是庄晓岩有意撞她，可她却怯懦地小声向庄晓岩道歉。

庄晓岩心想："比赛还没有开始，你在心理上已经输了。"

比赛开始，竞技状态已达到最佳程度的庄晓岩"哈"的一声，吼叫着跃上了场地，她虎虎生威，声势夺人。

罗德里格斯被她强悍凶猛的气势压倒了，像一只胆怯的猫，畏缩着不敢向前。

接着，庄晓岩从容潇洒地跳跃着，连连进虚招逗罗德里格斯起急。罗德里格斯紧张拘谨，连连躲闪招架。

一分半钟过去了，庄晓岩看准机会猛然向罗德里格斯扑了过去，将罗德里格斯摔趴在垫子上，然后又用

"拉翻"将她拉成仰卧，就势压到身下……30秒！

最终，庄晓岩以最高分取得了决战的胜利，获得了一枚宝贵的金牌。这场比赛庄晓岩赢得干脆、漂亮，用时仅2分27秒。

庄晓岩终于以一分未失的佳绩成为中国奥运史上第一位女子柔道金牌获得者，并为中国代表团赢得了第三枚金牌！

她激动得泪流满面，欢呼着，跳跃着，奔跑出赛场，与场边的队医王长林忘情地拥抱，与前来观战的袁伟民、徐寅生及领队、教练、队友们紧紧握手。

此刻，在体育馆的另一侧，古巴队的教练卡拉洛尔沮丧地对一位采访的记者说："我们知道庄晓岩的厉害，为了战胜她，古巴队赛前做了周密的研究和准备，罗德里格斯也是信心十足上场的。可是比赛一开始庄晓岩就如饿虎扑食，使罗德里格斯处于被动，使场外所有的古巴人感到失望。这时我们意识到失败将会临头……"

庄晓岩站在最高领奖台上，胸前挂着金牌，聆听着高亢的国歌，向高高升起的五星红旗深深地鞠了一躬……

回国后在人民大会堂举行的第二十五届奥运会中国体育代表团报告会上，庄晓岩对着上万双注视着她的眼睛和热烈的掌声作报告。她说：

这是我一生都不会忘记的日子——1992年

7月27日。这一天，在巴塞罗那劳格纳拉体育馆里，我连闯五关，最后以"一本"的最高分战胜了比我身高高出10多厘米，体重重出30多公斤的古巴名将罗德里格斯，摘取了第二十五届奥运会女子柔道72公斤以上级金牌。这枚金牌，是中国奥运史上第一枚女子柔道金牌，也是中国在本届奥运会上获得的第三枚金牌……

最后，庄晓岩满怀感慨地说：

金牌，就是这样通过集体的力量夺来的。作为一名运动员，我想，任何荣誉的取得，都是大家共同奋斗的结果。一个人只有把个人的目标与集体的目标、祖国的荣誉联系在一起，他才可能成功，才会变得高尚、伟大！

杨文意勇夺自由泳冠军

巴塞罗那时间1992年7月31日，在第二十五届巴塞罗那奥运会的蒙锥克山贝纳特·比科内尔游泳池，女子50米自由泳决赛的枪声就要打响了。

早在赛前两个月，上海市体委就悄悄流传着这样的消息：杨文意可能成为巴塞罗那泳池中的"黑马"。也许是怕惊了"黑马"，这些"知情人"互相叮嘱："保密，请千万保密！"

果然，在女子4×100米自由泳接力比赛中，杨文意就觉得自己情况良好。在这个比赛结束后，中国队女子4×100米自由泳接力以3分40秒12破奥运会纪录3分40秒63，获得了一枚银牌，美国队则以3分39秒46获得了金牌。

现在，50米自由泳决赛在即，杨文意正在第七道的出发台上整装待发。

枪声打响了，运动员们以极快的速度跳入了水中。

当杨文意游出25米后，就预感到自己将成功，于是她再加速，向前冲！触壁，待她转身看计时器时发现，一个新的世界纪录诞生了！

杨文意没有欣喜若狂，只是觉得心中一块石头落了地。她为祖国争了光，没有辜负指导的一片苦心，也向世人证明自己并非不行，感到自己比美国姑娘强……

杨文意一上泳池，记者们就拥了上来，她说的第一句话就是："感谢陈指导。"在她的内心，没有教练的苦心栽培，就没有她的今天。

随后，杨文意和父母通了电话。她母亲在电视里看女儿比赛，把杨文意在的第七道错看成第二道，眼看"女儿"落后，所以"紧张得要死"。等结果出来，才释然狂呼："杨文意这个小囡真有出息！真争气！"

杨文意创造了女子 50 米自由泳 24 秒 79 的奇迹，打破了她自己保持 4 年之久的世界纪录，继庄泳、林莉、钱红之后，为中国游泳队添上第四枚金牌。

后来，杨文意从巴塞罗那回国的第二天早上，在宿舍，她刚起床洗漱完毕，记者就来采访。

她说的第一句话就是：

> 拿金牌是我的目标，能破世界纪录，连我自己也没想到。

她又说："美国姑娘并不可怕，她们入水等一些细节没抓好。"此时，杨文意虽然疲劳，但很轻松，那是一种大赛获胜后的轻松与释然。

李小双获自由体操冠军

1992 年 8 月 2 日，在巴塞罗那第二十五届奥运会的自由体操场，马上就要进行自由体操决赛，运动员们正做着各自的准备工作。

这是一块巨大的、围在人群之中的、铺着红地毯的比赛场地，是当时世界上设计得最为先进的自由体操场地。它由 60 块胶合板组成，整体面积为 12 米 × 12 米，上面铺着一层薄而柔软的地毯，下面装有数百个小弹簧，并由六条钢索牵拉固定，既平整又富有弹性。

今天，这里的比赛是世界最高级别的。体操运动员们将在这块红地毯上争夺第二十五届奥运会自由体操的冠军。

这次比赛，我国运动员李小双所要做的自由体操中的动作，是被世界体操界认定为"超高难"的"团身后空翻三周"。这对于不满 19 岁的李小双来说，应该需要多么大的勇气和自信啊！

"团身后空翻三周"，号称是人类向自己的运动极限挑战的动作，它起始于 20 世纪 80 年代中期，最先由苏联著名的运动员柳金完成。

随后，20 岁的中国队员李春阳，也在世界锦标赛的赛台训练中尝试了这个动作。

"团三周"！是的，李小双准备向这个举世瞩目的高难跟头冲击了。

在后场做准备活动时，很多外国队的教练都向我国的黄玉斌教练询问道："李今天是否要用'团三周'？"

就连对手谢尔博，这位来自白俄罗斯的 20 岁的小伙子都用手比画着，向李小双问道："做不做'团三周'？"

当谢尔博得到李小双肯定的答复后，已经连夺团体、个人全能两项桂冠的谢尔博那双灰蓝色的眼睛怔住了，似乎感觉到了面前这位小个子咄咄逼人的气势。

但谢尔博是排在李小双之后上场，这期间他还可以静观其变。

参加自由体操决赛的 8 位选手依次登场了，在李小双之前的几位选手，成绩似乎都不太理想，最高分不超过 9.8 分。

正在这个时候，李大双从看台上跑进了场地，隔着挡板对黄文斌小声说了句什么。黄文斌沉吟了片刻，扬起手，竖起三个指头向中国代表团的座席处比画了一下。

黄文斌返身对场上唯一一个可以商量的张队医说："队领导让小双改出场动作，做'直体 360 度旋空翻'，你说改不改？"

张医生跟随体操队多年，早已不是外行，他想了想说："小双这阵儿满脑子都是'团三周'，改不好反而坏事儿。"

黄文斌何尝不明白领导的用意："团三周"太危险

了，如果用"直体360度旋"保险系数大，赢谢尔博不敢肯定，但至少是块银牌。

可是，黄文斌此刻想的不是"保"，而是"闯"。他坚持让李小双做"团三周"，他要看着心爱的徒弟拿金牌。

其实，李小双一见哥哥大双跑下来，心里就明白怎么回事了。

其实，在李小双心内，已经是下定决心，即便是有人命令他，也决计冒着"犯一次错误"的危险去做"团三周"的动作。

临上场前，黄文斌拍了一拍李小双的肩膀，扔出掷地有声的6个字："敢起！敢转！敢站！"

人一旦兴奋起来，发力肯定比平时大得多，容易犯的错误是控制失常，破坏了已有的动力定型。

李小双不是不明白一旦失误的后果，但他更明白，身后的谢尔博出场所用的动作"720度直体旋"难度几乎与"团三周"等值，只有"团三周"才能镇住裁判、压住对手，才有可能获得自由体操的金牌。

此时，巨大的电子屏幕显示出一个闪闪发光的名字：

中国，李小双。

整个体育馆霎时寂静无声。

电视摄像机推近李小双，无数相机镜头拉长了、瞄准了李小双……

奥运会前，李小双身高只有1.57米，体重不过52公斤，在世界体坛尚属无名之辈。

他没有李宁那般挺拔匀称的身材，也没有楼云那种彪悍粗犷的躯体。然而，他那灵巧的四肢，精干的模样，却极为引人注目。

此时，高健和张健，这两位身经百战的体操老帅，坐在人头攒动的看台上，手掌心已经为李小双攥出了一把冷汗。

只见李小双稳稳地站在地毯的一角，嘴唇紧抿，呈现出坚毅的棱角，黑亮的眸子里闪出坚定的神情。

开始比赛的绿灯亮了，李小双头一扬，挟着一阵疾风，冲向前去。

"勒腿，加速！"

飞旋到空中的李小双大胆地放开腿，只听"当"的一声，脚触及了平坦的地面。

突然，左脚的伤处像被刀割了一下，腿不由自主地向前滑去。

李小双镇定地及时稳住重心，向后转体，顺利地接上了俯撑动作。

最后，当李小双以"直体后空翻两周"稳稳地站在地毯上时，他从内心深处发出一声呐喊："我成功了！"

待到谢尔博出场时，他已经没有了以往的神气，"720度直体旋"出现了严重失误，脚跨出了界外，最后连铜牌也没有拿到。

看台上一片雷鸣般的掌声，从来不爱动感情的黄文斌控制不住自己的泪水，他和李小双紧紧地相拥。

李小双哽咽地说道："黄指导，咱没白练！"

站在辉煌灿烂的领奖台的最高一层，李小双的目光并没有在奥运金牌上停留。

他想："团三周"已经成为过去，他要早日攻下自由体操的"屈体后空翻三周"！

陆莉高低杠完美夺冠

巴塞罗那时间 1992 年 8 月 1 日，莫名的激动和兴奋使陆莉在赛前几小时的睡意全部消失，只要一合上眼，脑子里就是一套轻灵、潇洒、稳健、翻飞的高低杠动作。

出生于湖南的陆莉，娇小玲珑，高不过 1.36 米，体重只有 34 公斤，小兔牙一露，腮边便旋出两个小酒窝，好可爱的娃娃！

谁也没有想到一个名不见经传的小将居然能够闯入高低杠决赛圈。而陆莉自己此时也才猛然发现，金牌距自己只剩下一步之遥。

驱车前往比赛馆的途中，要经过一片墓地，往常路过这里时，陆莉总感到有些恐怖，然而也许今天心境不同吧，晚风送来教堂悠扬的钟声，周围景色竟变得十分庄严。她靠在窗前，耳朵上新买的一对小十字架的耳环，在夕阳下折射出一道闪亮的金光。

在巴塞罗那第二十五届奥运会的场馆内，赛前练习时，陆莉连续做了三套高低杠动作，非常顺手，而且极为成功。

决赛开始了，按抽签顺序，陆莉是第七个上场。在共有 8 名赛手的单项比赛中，这个出场次序比较易攻易守。

在陆莉出场前一向被公众看好的 1991 年高低杠世界冠军金光淑，动作没有创新，基本是照搬老一套。由于过度紧张，她下法没有站稳，失去了夺金的可能。

但是独联体队的古楚和美国队的米勒发挥出色，分别得到 9.975 和 9.965 的高分。

此刻，陆莉要想拿冠军是非常不易的。

陆莉面对看台上沸腾的鼓掌声、嘘叫声，充耳不闻，她轻轻闭合双眼，身体攀上了那意念中的高低杠，进入了任何嘈杂和干扰都不能破坏内心的境界。

默念了三遍要领后，陆莉举手向裁判席示意，她居然看到裁判席上本来毫无表情的一位老太太，向自己投来一个微笑。

若说刚刚攀上杠子还有一丝紧张，那么当做完第一个"屈伸上"后，陆莉便完全轻松自如了。她手中踏踏实实地把握着自己，动作放得开也收得住，几个关键的连接都处理得非常出色。

此时，陆莉的教练熊景斌在电视机前，几乎是跪在地板上、屏住呼吸看完了陆莉高低杠的全套动作。他为自己的学生默诵着每一个要领，和陆莉同样经历了一场精神上最紧张、最激烈的搏斗。

陆莉开始准备做下杠的动作了，成败在此一举！

自从上次在巴黎比赛下杠动作失利之后，陆莉便非常刻苦地练下法。如今，她采用了男子单杠大回环的"盖浪"技巧，"直体后空翻两周落地"，就如同鲤鱼打挺儿一般，在女选手中还是独树一帜。

"大回环—加速—松手"，就在放腿一瞬间，陆莉似乎觉得自己的脚掌突然长大了许多，平平稳稳地站在了垫子上。

陆莉有些不相信自己居然能够站稳，她睁大了眼睛，然后立即展开双臂，迎接那一片暴风雨般的掌声。

6 块记分牌上，亮出了 6 个同样的数字：

10 分。

这是本届奥运会体操比赛中唯一的一个满分！这是奥运史上的奇迹！

在体操技术飞速发展、裁判规则日趋严格的今天，陆莉的 10 分更加精彩，更加宝贵。

邓亚萍获得女单冠军

巴塞罗那时间 1992 年 8 月 3 日，第二十五届乒乓球女子双打决赛还在激烈地进行的时候，奥委会就进行了乒乓球女子单打的抽签。

当邓亚萍夺得了双打冠军后，回到住处休息，已经是半夜时分。她躺在那里想着女子单打的抽签结果，久久不能入睡。

当她听到教练抽签回来在过道上说话的声音，她仍然没有跑出去询问。但还是有几个人冲了出去，向教练问道："快说，到底对谁?"

张燮林并没有回答她们的问话，只见他神情严肃地说道："开会。"

在开会时，邓亚萍得知，抽签后自己的对手是巴托菲、俞顺福、玄静和。她呆了，因为这一组全是强手!

张燮林立刻觉察到邓亚萍的心事，他连忙说："今天抽签结果不太理想，尤其是小邓。"

"算了，我一场一场来吧。"邓亚萍说话时，显得有些底气不足。

巴托菲是匈牙利选手，获得过世界冠军。邓亚萍和她打过几次，虽然都赢了，但很艰苦。

俞顺福，速度极快，异常顽强。她在第四十一届世界锦标赛上，曾打得邓亚萍不知所措，失掉了考比伦杯战的关键一场。后来单打，邓亚萍虽然报了一箭之仇，但俞顺福却让邓亚萍有些发怵。

玄静和从来没有胜过邓亚萍。但据说来巴塞罗那之前，玄静和发誓要夺得单打冠军，真正的对手正是邓亚萍。

一次，韩国教练对邓亚萍说："邓亚萍不好。"

邓亚萍不明白是怎么回事，便问道："邓亚萍怎么不好？"

那位教练说："老赢我们。"

其实，此时在邓亚萍夺得双打冠军后，她突然觉得在心理上非常疲惫。

她甚至反常地想，不是要夺奥运会冠军吗？双打也是冠军呀。奥运会比赛太难了，比世界锦标赛难多了！就是获得银牌、铜牌，也不容易啊！

确实如此，乒乓球赛既需要体力，也需要智力。选手得集中精力，得算计对手，哪儿弱往哪儿打，随机应变。

在教练的一番心理安抚之后，队员们休息了。

随后，在乒乓球单打小组赛中，邓亚萍勉强迎战巴托菲。几场比赛下来，巴托菲怕邓亚萍，极为不自信，因此邓亚萍没有费太大的力气，便赢了这场比赛。

但邓亚萍赛后还是打不起精神，和以往判若两人，似乎变得有些麻木。

其实，邓亚萍有一个习惯，赛前一定要紧张起来，这样站到球台前，才能镇定下来，仿佛紧张劲已经过了。如果不紧张，似乎是心弦没有绷紧，或准备不足，她就觉得要出麻烦。

在这种情况下，她就会给自己制造紧张空气，使自己痛苦、焦虑，让心跳加快，血液疾流。然而今天的比赛，她却无论如何也调动不起自己的情绪。

深知邓亚萍的张燮林教练，这时也敏感地发现势头不对。他便问邓亚萍："有什么想法？"

邓亚萍说："我不够紧张。"

张燮林知道这句话意味着什么，便说道："你是不是已经满足了？"

他见邓亚萍默然无语，他又接着说："双打是双打，单打是单打，不一样。奥运会机会太难得了，你要抓住。"

其实，这时的局势是，虽然双打胜利为中国队带来了活力，但男队夺得金牌的希望依然渺茫，女单这枚金牌的分量仍然是极为重要的。

如果此时邓亚萍泄气，就会对乔红、陈子荷产生消极的影响，如果玄静和或俞顺福冲进决赛，将会给中国队带来极大的威胁。

对此，张燮林逐渐向邓亚萍施加压力说："你必须守住这条线，争取你们决赛相会，绝不能让外国选手进决赛，要拿下来，无论如何得拿下来！"

顿时，邓亚萍明白了，自己的肩上是有巨大责任的。

在接下来的比赛中，邓亚萍开始活跃了。

邓亚萍同俞顺福比赛时，她开始蹦跳、呼叫起来，那种气势几乎使俞顺福屈服。邓亚萍在落后的情况下，又奇迹般地赢了回来，并以 22 比 20 赢得了第一局的比赛。

拿下第一局，邓亚萍气势更盛，而俞顺福则越来越慌张。随后，邓亚萍又胜了第二局。

第三局是极易翻盘的，因此邓亚萍穷追猛打，一分也不让，最后邓亚萍以 3 比 0 获得了这场比赛的胜利。

这时，赛场有 3 对中国选手，邓亚萍对俞顺福，乔红对香港选手齐宝华，陈子荷对李粉姬。

下一仗是邓亚萍对玄静和。张燮林提醒邓亚萍说："她很可能拼，不拼怎么办？你得防备她凶。"

邓亚萍说："我已经作了最坏打算。"

然而，邓亚萍和张燮林失算了。玄静和打得很稳，没有发动大举攻势。邓亚萍似乎在等待着，但玄静和仍未发难。当第一局邓亚萍以 3 分优势获胜时，她甚至以为玄静和在酝酿什么计策。

第二局咬得更紧，邓亚萍失误连连，但玄静和也仍然没有打赢，邓亚萍又胜了 2 分。

玄静和是韩国女子第一选手。她的打法是直板正胶，有点像中国的直板快攻，但正手强于中国选手。

邓亚萍的打法似乎很适于对付这种打法，因为她的打法反手也很厉害。

第三局，邓亚萍依然是不敢放松，直到拿下最后一分，赢得了这一场的比赛，才放松下来。

8月5日晚，乒乓球女子单打决赛在巴塞罗那的体育馆举行，邓亚萍同自己的队友乔红争夺这块金牌。

由于这次金牌在自己队内争夺，因此大家的心态都极为平和，不再有什么压力。

最终，邓亚萍以3比1战胜乔红获得冠军。至此，邓亚萍已将所有重大比赛的冠军拿了一遍，而且成为巴塞罗那奥运会中国代表团唯一获得两枚金牌的选手。

邓亚萍站在最高层领奖台上，心情万分激动。

这时，国际奥委会主席萨马兰奇来为邓亚萍颁奖。萨马兰奇对邓亚萍说："我非常高兴。"

邓亚萍也说道："我也非常高兴。"

其实，萨马兰奇为邓亚萍颁奖，是他们早就约定好的。

早在1989年8月，国际乒联在日本举办"萨马兰奇杯"邀请赛，世界前8名种子选手参赛，那是一次高水平的精英赛。

那次，邓亚萍夺得了冠军。国际奥委会主席萨马兰奇为她颁了奖，并邀请她赴洛桑国际奥委会总部访问。

1991年末，邓亚萍赴欧洲参加巡回赛时，去了洛桑。萨马兰奇喜欢乒乓球，年轻时曾获得过西班牙混合双打冠军。他认为邓亚萍是当之无愧的世界冠军，并认为，她身上体现着一种奥林匹克精神。

那次，萨马兰奇对邓亚萍说："如果你在巴塞罗那获得单打冠军，我很乐意给你发奖。"

此时，两个人果然都实现了自己曾经许下的诺言。离开赛场时，邓亚萍远远地向萨马兰奇竖起了大拇指，萨马兰奇也向她伸出大拇指。

作为教练的张燮林非常感激地对萨马兰奇说："感谢您来看比赛，并给邓亚萍颁奖。您的许诺一直激励着她，给了她力量，克服了很多困难。"

萨马兰奇说："我很喜欢中国运动员，很喜欢你们的国家。"

邓亚萍也走过来，向萨马兰奇问道："您看见我伸拇指了吗?"

"看见了，"他说，"我想再次邀请你到洛桑做客。"他又对张燮林说："如果你方便，也邀请你去。"

对于萨马兰奇的邀请，张燮林和邓亚萍都表示说："一定去。"

跳水小将孙淑伟夺冠

巴塞罗那时间 1992 年 8 月 4 日凌晨，这个喧闹的城市已是寂静一片，远处地中海上点点灯火还在闪烁着光亮。

奥运村的一间普通的房间里，孙淑伟和熊倪还没有入眠。再过十几个小时，他们就要站上 10 米跳台，进行一场金牌争夺战。

灯虽然早已熄灭了，这是教练定下来的规定，但激动与紧张的情绪，却让孙淑伟和熊倪辗转反侧，难以进入梦乡。

在黑暗中一个人说："今天我们一定要比好了，别去多考虑裁判。两个人都跳好了，裁判要压两人的分就不那么容易。你看 3 米板上，谈舒萍、兰卫一失误，高敏和谭良德的压力多大？"

另一个人说："据说这回只准备给中国跳水队两枚金牌，美国、独联体，也许是德国也得给一块呀！现在伏明霞、高敏已经拿了，我们还有戏吗？"

"别去多想了，只管把每一个动作都跳好就行。"

熊倪今年 18 岁，比孙淑伟大两岁。孙淑伟对待这个小大哥，一直言听计从，他喜欢和熊倪在一起谈天说地。

当年，把孙淑伟推上一线队伍，队里就是考虑到李孔政、童辉退役之后，男子跳台上只有一个熊倪，怎么也不平衡。这才使得孙淑伟成为熊倪的竞争对手，然而激烈的竞争却从未影响两人的关系。

今晚，在奥运会跳水的决战前夜，这一对10米跳台上的竞争对手要结成同盟，一致对外了。

接下来便是缄默无语。熊倪是上届汉城的银牌得主，只因津巴布韦裁判有失公允的给分，才以1.14分之差屈居美国的洛加尼斯之后。

当时就连美国队员也认为"熊倪是真正的冠军"。但是，不管事实究竟如何，结果却是无法更改的，金牌终究是别人的。

这次对于想找回金牌的熊倪来说，压力更大。预赛他排在孙淑伟之前，列第一位，虽然比较接近胜利，但是熊倪的心情依然无法得到平静。

此时，与熊倪对床而睡的孙淑伟相对平静一些。他想："在三亚的奥运集训中，熊倪比我跳得好，质量评分都比我高。我俩谁得金牌都行。"

其实，没有包袱才能轻装上阵，大赛尤其容不得杂念。从这一刻起，胜负的天平似乎已经偏向孙淑伟了。

后来，据跳水队领队王发成回忆说："熊倪在赛前一直闷声不语，情绪有些不对。可惜的是，我们没有留神做他的工作。"

在纷繁的思虑中，他们两个人迷迷糊糊地睡了几个小时。6时45分，队里就要出早操了，他们必须起来。

在吃早饭的时候，细心的吴国村教练发现孙淑伟和熊倪吃饭时打得挺多，但只动了几筷，就再也吃不下去了。

于是，吴国村把两个人喊来，命令道："去睡一觉。"

这时睡觉，谈何容易。打了一个小时的盹儿，两人又坐了起来，才9时，离决赛还有4个多小时。

此时，他们心如乱麻，不知道应该做什么好。

面对比赛的压力，吴国村便提议打牌。于是，他们便打起了一种盛行于南方的"关牌"。

一通嘻嘻哈哈之后，一向输多胜少的孙淑伟成了赢家。在教练的一番苦心下，他们紧张的心情渐渐地放松下来。

孙淑伟想："为什么不把奥运会当做一次普通的邀请赛呢？对手还是那几个，美国的多尼、德国的海姆佩尔、独联体的沙乌金，都曾是我手下败将。他们应该怵我，而我不应该怵他们啊！"

8月4日14时，奥运会男子10米跳台的决赛开始了。

从1904年第三届奥林匹克运动会把跳水列为正式比赛项目以来，几十年来，跳坛几乎为欧美选手所垄断。而美国更是被称为现代跳水运动的故乡。

我国从1984年参加奥运会开始，跳水一共得过5枚金牌。分别是：

洛杉矶奥运会，周继红女子10米跳台冠军；汉城奥运会，高敏、许艳梅分获女子 3 米跳板、10 米跳台冠军；就在几天前的巴塞罗那，又是高敏、伏明霞两员女将获得了冠军。

到现在为止，中国跳水男选手还无人在奥运会上夺得金牌。这个开创性的历史会不会出现在今天呢？

孙淑伟在跳水的 4 个规定动作做完之后，分数追到了首位。

接下来，便是 6 轮自选动作的较量，这是各施绝技、决定胜负的关键时刻。

在比赛到第七轮时，海姆佩尔失误了。

第八轮，熊倪也因为过度紧张，在跳水时失误了。他的名次从第三名降到第七名。

名将接连失常，而现在只剩下最后一个动作了，只有美国的斯科特·多尼与孙淑伟有可能一决高下了。

16 岁的孙淑伟能顶得住吗？

这时，看台边的吴国村教练却颇为坦然。吴国村没有忘记，1990 年 10 月 4 日，亚运会上，孙淑伟在第九轮、第十轮的那一跳，精彩绝伦，最后竟然以 2 分的优势险胜熊倪。那一年他才 14 岁。

此外，在 1991 年 1 月 13 日，澳大利亚的珀斯世界锦标赛上，孙淑伟在最后一个动作上，得了 86.68 分的全场最高分，获得冠军。

在孙淑伟身上，具有一种老练沉稳的心理素质，这种素质在同龄人中是罕见的。

果然，孙淑伟一步步地走上跳台，仿佛周围的一切喧嚣都不再存在，他沉浸在一种"物我两忘"的境界之中。

起跳，反身翻腾抱膝，一周、两周、三周，展开，然后笔直地插入水中，几乎没有一点水花。

有关这个压水花的技术，一则外电是这样评价的：

> 像中国人的祖先发明的奇妙的银针一样插入，水面上只有一小股泉水涌起；中国人像在水面上挖了个洞，人钻进去后杳无踪影。

此时，掌声四起，这个难度系数高达 3.4 的动作，孙淑伟完成得无可挑剔。

各国裁判都心悦诚服地给了高分。7 个裁判中 4 个给打了 10 分，两个给了 9.5 分，一个给了 9 分。

孙淑伟在这个动作上得了 99.96 分，这是本届奥运会跳水比赛中的最高分。

孙淑伟对此并不以为然，他说："今年在加拿大的邀请赛上，我还得过 102 分呢！"

孙淑伟的最终得分为 43.68 分，领先于美国选手多尼，从而站到了高高的冠军领奖台上。

这个站在最高领奖台上的孙淑伟，个子只有 1.60米，体重也只有 45 公斤，看上去黑瘦黑瘦的。在他纤细的眉眼下，极不协调地长着一张又厚又阔的嘴，这使他

笑起来掩不住一抹憨态。

他长得太不起眼，当年徐益明之所以慧眼识英才，在一大堆十二三岁的孩子中选中孙淑伟，照他的话来说："这个孩子有一双清澈明亮、镇定执著的眼睛，正是这双眼睛鬼使神差般地吸引住了我。"

所幸的是孙淑伟确实具有一种潜质，他具有在大赛中异乎寻常的心理素质。

早在 5 年前，11 岁的孙淑伟就被队友唤作"小老头"，那时，他还在广东省队。这个绰号起初得之于他的笑。孙淑伟一笑时，眼角边就会出现几道与其年龄极不相称的深深的皱纹。后来则因为这个小弟弟的大气风度，这个绰号越喊越响，从省队一直喊到国家队。现在，大家都干脆亲昵地叫他"老头"。

在孙淑伟取得最高的成绩后，国外裁判甚至预言：

孙淑伟将开创一个与洛加尼斯相媲美的"孙淑伟时代"。

后来，美国选手斯科特·多尼在获得银牌后，也非常高兴地说："与伟大的中国小孩一起比赛，我觉得自己也伟大起来。"多尼比孙淑伟大 6 岁。

面对四面八方的赞叹，孙淑伟却平静地说："我没有什么伟大，只是这一次赢了。"

在男子跳水决赛当晚，孙淑伟就曾对吴国村教练说：

"我要干到下一届。"孙淑伟说得没错，到亚特兰大奥运会时，他才不过20岁。

"板上女皇"高敏曾在世界杯、世锦赛、奥运会这世界三大跳水比赛中连获6个冠军。

今天，孙淑伟的目标就是超过高敏，得7个冠军。到现在为止，他已经得了世界杯、世锦赛、奥运会3块金牌。到1996年亚特兰大，4年中，还有两届世界杯、一届世界锦标赛、一届奥运会，4顶金灿灿的王冠在召唤着他勇往直前。

吕林和王涛勇夺男双金牌

巴塞罗那时间 1992 年 8 月 4 日下午，第二十五届奥运会乒乓球男双决赛在巴塞罗那体育馆举行。

在这次比赛中，我国选手王涛和吕林闯进决赛，已经是超额完成了组织上交给的任务了。

早在八进四的比赛中，王涛和吕林赢了法国的一对选手盖亭和埃瓦。这基本上可以说，王涛和吕林等于铜牌到手了，队里给他们的任务是一枚铜牌，现在两人都松了一口气。

此后，他们卸掉了身上的"包袱"，在半决赛中轻装上阵，居然又淘汰了刘南奎和金泽洙这对他们从未碰过的世界杯双打冠军。

半决赛后回到奥运村，王涛和吕林径直来到领队姚振绪的房间，把罗斯科普夫和费茨纳尔的比赛录像带全翻了出来。这一对选手是他们在决赛中要面对的对手。

其实，这些录像带他们看过多次了。从冬训开始，对他们的每一个战术细节，王涛和吕林都很熟悉。但是，毕竟没有同他们较量过，王涛心里总觉得没底儿。

决赛这一天，谁知班车又出了差错，王涛和吕林没赶上，他们只得乘坐出租车匆匆赶到场地。此时，离比赛开始只有 20 分钟了。观众席上已经坐满了人。

这时，王涛的状态又出了问题，他练着球，突然觉得有点不对劲，脑子里怎么一片空白？事先装进去的战术全都没有了！

就在这种情况下，比赛开始了。几千双眼睛都在盯着罗斯科普夫的手，在等着他发第一个球。

没有人注意到王涛的手在微微发抖，他握着球拍的左手随着心脏的快速跳动在加速颤抖。

在接下来的两分钟里，王涛机械地移动脚步，起板击球……两轮发球过后，王涛猛地从"梦"里醒来了。

"笨蛋！"他在心里大骂自己，差点用球拍敲自己的头，"紧张什么？谁怕谁啊！"

当罗斯科普夫和费茨纳尔以 20 比 15 领先时，王涛的心已经完全平静下来了，他的精神状态恢复正常了。

轮到王涛发球，他根本没去考虑对方只要再拿一分就赢了。他只是和吕林互相看了一眼，谁都没说话，但彼此都从对方的眼睛里看到一个坚定的信念：一分一分地咬，追上去！

王涛弯下腰，在球台下面给吕林做了一个发旋转球的手势，然后定了定神，一挥臂，球飞了出去。

以后发生的事，竟然让那些以为德国选手稳胜首局的欧洲观众看傻了。

王涛在近台控制落点，创造机会，吕林在后面稳拉狠攻，两人配合得天衣无缝，把比分追成了 20 平。最后，他们竟赢了第一局。

这戏剧性的第一局决定了男双金牌的归属。可以说，在这场势均力敌的比赛中，双方在比胆量，比意志，比拼劲。

当王涛和吕林在如此险境中反败为胜之后，便没有什么困难能够阻挡他们登上冠军领奖台的脚步了。

王涛和吕林经过 5 局苦战，最终以 3 比 2 险胜德国选手，夺得男双金牌。

这枚金牌的价值是举足轻重的，因为这是中国男子乒乓球队在本届奥运会上取得的唯一一枚金牌。

然而此前，这对为中国男乒立下汗马功劳的组合却经历过几乎被拆散的危险。比赛前一周，吕林没有被确定参赛。因为在谁和王涛搭档的问题上，领导们意见不一，赞成吕林的人并不多。最后还是蔡振华拍板，决定让吕林和王涛搭档。

吕林后来说："蔡振华指导就我们俩的性格、打法、特点进行了分析，认为我和王涛在很多地方都能互补。所以我很感谢他。"

本书主要参考资料

《难忘巴塞罗那》人民体育出版社编 人民体育出版社

《巴塞罗那的中国星》秦方主编 中国奥林匹克出
版社

《从雅典到北京：奥运风云录》刘晓非著 清华大学
出版社

《奥运会上的中国冠军》吴重远主编 新蕾出版社

《奥林匹克明星：巴塞罗那奥运会特辑》刘晓燕编
四川人民出版社

《决战巴塞罗那：第25届奥运会大视角》周宇红 谢
燕群编 四川人民出版社

《辉煌瞬间：92巴塞罗那奥运》松昌 李国泰著 国
际文化出版公司